跨越时空的回信

U1001744

选择 | 黎明之前 | 离家 | 爱情 | 誓言 | 未归

不远万里 | 父亲 | 守护 | 追随 | 赤诚 | 视死如归

不忘初心　牢记使命
一封回信　跨越时空
传承信仰　铭记感动

家信是最好的陪伴

回信是最重的思念

跨越时空的回信

中共江西省委党建工作领导小组
中共江西省委宣传部
中共江西省委党史研究室
江西广播电视台
编著

江西教育出版社
JIANGXI EDUCATION PUBLISHING HOUSE

这是一个崭新的视角

红色基因是中国共产党人的精神内核，蕴含着党的信仰、宗旨和追求。江西是一片充满红色记忆的红土地，承载着中国革命的苦难与辉煌，承载着中国共产党人的初心和使命。推进红色基因传承，是习近平总书记 2019 年 5 月视察江西重要讲话中的重要要求。把习近平总书记的重要讲话落到实处，让红色基因历久弥新、血脉永续，需要有更多更好的传播形式，需要有更多更好的作品问世。省委党建工作领导小组、省委宣传部、省委党史研究室和江西广播电视台合时而动，应势而为，推陈出新，共同制作了《跨越时空的回信》（以下简称《回信》）。

《回信》以红色家书、至亲回书为载体，通过电视节目的方式，舞台表现的形式，与先烈隔空对话，倾注对先烈的深厚情感，讲述家书背后的故事，让信仰薪火相传，用红色文化沁心、用红色精神洗礼、用红色基因浸润，在广大观众中引起了很大反响，引发了强烈情感共鸣，并在此基础上编辑成书，让读者在一封封烈士书信中，串起一段段历史，还原红色记忆；在一封封后人回信中,感受一个个故事,传承红色文化 。这既是一档独具特色的电视节目,又是一部厚重鲜活的红色教材,给人以崭新的视角。

《回信》节目聚焦革命先烈书信,从1000多封烈士书信中,首选24封,呼应24位回信人与革命先烈跨越时空对话,连接过去、现在、未来三个维度,把人的精神追求与情感交流,满满地呈现出来,充满了正能量。红色家书原汁原味,革命理想、坚定信仰、朴实情感直击心灵;至亲回书流自心底,继承之志,思念之语、缅怀之情感人至深。通过荧屏展现红色家书,弘扬红色文化,缅怀革命先烈,教育广大党员群众饮水思源、不忘先烈先辈,叩问心灵、不忘党的宗旨,体现了红色文化思想性、艺术性和观赏性的高度统一。让先烈走进现实,由配音演员现场演绎红色家书,宣示先烈遗愿,给人以强烈的震撼:先烈虽逝,犹活着,活在人民心中!他们的革命精神、崇高风范跨越时空,永放光芒!让至亲后人穿越时空,走进历史,诵读回信,告慰先烈先辈:革命已经成功,祖国已经强大,他们为之奋斗的伟大事业正在继续推向前进。实现了生者与逝者情感的双向表达,架起了历史与现实之桥,让人们看到了信仰的坚定、品格的崇高和爱国的情怀,展现了电视艺术创新的魅力。

《回信》读本以电视节目为蓝本,把有声有色的荧屏画面、影像资料转化成有形无形的文学作品,深度挖掘家书背后的感人故事,回应历史,观照现实,润心无声,告诉我们什么是信仰的力量、忠诚的力量、斗争的力量、奉献的力量、担当的力量,彰显了强大精神力量,很有史料价值和现实教育意义;让红色文化从高高的论坛走下来,从厚厚的书本走出来,让红色资源"活起来""亮起来",让红色基因"融进去""传下去",扩大了受众面和影响力,使红色教育更加入脑入心，进一步增强了广大党员群众，特别是青少年听党话、跟党走的坚定信心和行动自觉。

在全党开展“不忘初心、牢记使命”主题教育之时，《回信》节目结合国之大典重要节点播出，进一步加深了广大党员群众对红色政权来之不易、新中国来之不易、中国特色社会主义来之不易的深刻认识；《回信》读本用实际行动落实了习近平总书记“推进红色基因传承”的重要要求，为主题教育对照革命先烈先辈找差距、明方向提供了丰富的“营养剂”和最好的“教科书”。

红色是最亮丽的底色，最美的风景。弘扬红色文化，有说不尽的话题，讲不完的经典，述不完的故事，取不竭的精神。如何把丰富的红色资源挖掘出来、征集上来、讲述开来、传承下来、弘扬起来，让红色文化走进社会，走进年轻一代，“飞入寻常百姓家”，我们一直在思考、在探索、在努力。《回信》的播出和出版，只是传播红色文化、传承红色基因的一种新的形式和一次有益尝试，我们要进一步创新传播传承方式，以革命先烈先辈为镜，从红色基因中汲取初心力量，激发使命担当，答好“时代之问”，描绘好新时代江西改革发展新画卷！

目录

跨越时空的回信

第一章

总有一些记忆让我们泪流满面，无论亲历与否，我们都会震撼于人生选择的勇气。有时人生很长，长到会迷失方向，叹人间不值得。有时人生很短，短到一次选择便可付出终生，清白人间。我们敬重先烈，在于他们的选择以不可为而为之，承民族兴亡之责。我们缅怀先烈，在于他们的选择，已成为今日你我的人生坐标和价值信仰。

微信扫一扫，获取本章视频。

选择

跨越时空的回信

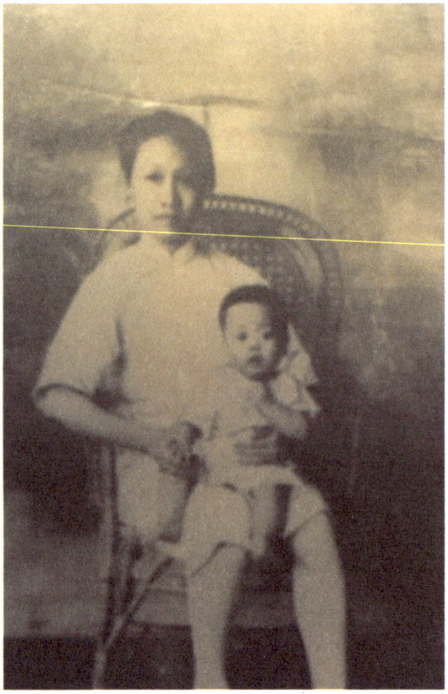

赵一曼和宁儿

赵一曼

（1905.10—1936.8）

1936年8月1日，一列火车从哈尔滨开出，车上押解的是时任东北抗日联军第三军二团政委赵一曼。

红枪白马、抗日救国，她是连日伪报纸都惊叹的女战士赵一曼。1931年“九一八”事变后，赵一曼被安排到东北地区发动和组织群众进行抗日斗争。一身粗布红衣、一把手枪，骑着一匹白马冲锋在如火如荼的战场。1935年11月，她为了掩护部队撤退被日军俘虏，审讯她的日本军官对她进行了长达9个月的非人折磨，却并没能从她这里获得任何情报。最终日本人决定将赵一曼押解至珠河县杀害。

上面照片中的女人就是赵一曼，她怀里的孩子是她唯一的儿子陈掖贤，

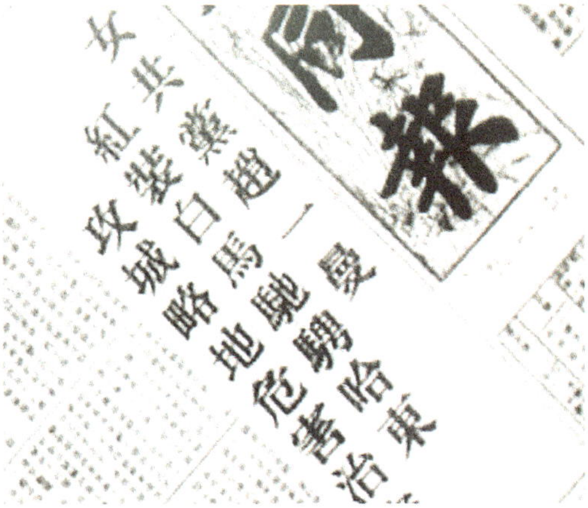

日伪报刊登载的关于赵一曼抗日斗争的消息

小名宁儿，这张照片也是赵一曼和儿子唯一的合影。在儿子一岁多的时候，赵一曼便不得不在母亲和战士的身份间做出选择，她选择向前，藏起不舍，与襁褓中的宁儿相隔越来越远，却与心中的革命圣火越来越近。六年间，她对宁儿的挂念仅仅是依靠一张照片来维系，当生命快要走到终点，在这一刻，赵一曼选择把最后的希望和温柔留给自己的孩子。

临终就义前的家信嘱托，道不尽母亲对孩子的思念与希望。民族危亡之际，赵一曼不得不离开刚足一岁的幼子，扎身白山黑水。如今，当生命即将走到终点，孩子成了她生命最后的寄托。新中国成立后，赵一曼坚贞不屈的民族气节和这封家书一起，被拍成了电影，感动全国。可直到这部电影家喻户晓，她的孩子宁儿都没有收到这封信，宁儿甚至不知道银幕上红枪白马的女英雄赵一曼就是自己的母亲，这究竟是为什么？

赵一曼写给儿子的信

宁儿：

母亲对于你没有尽到教育的责任，实在是遗憾的事情。母亲因为坚决地做了反满抗日的斗争，今天已经到了牺牲的前夕了。母亲和你在生前永远没有再见的机会了。希望你，宁儿啊，赶快成人，来安慰你地下的母亲。我最亲爱的孩子啊！母亲不用千言万语来教育你，就用实行来教育你。

在你长大成人之后，希望不要忘记你的母亲是为国而牺牲的。

一九三六年八月二日　你的母亲赵一曼于车中

“对话

张羽（采访人）：赵一曼牺牲之后，其实很长一段时间，不知道她的后人在哪里，宁儿也并不知道自己是先烈的后辈？

陈红（赵一曼的孙女）：对，赵一曼原名叫李坤泰，新中国成立以后，以她为原型的电影都出来了，那个时候还是不知道赵一曼就是李坤泰。她到上海以后给家里寄过去的，就是我父亲那张照片。寄过去以后，就再也没有音讯了。她出去的时候，是她二姐亲自把她送出去的。所以新中国成立以后，二姐就一直在找她。因为赵一曼姓赵，所以我们完全没往那边想。

张羽：那后来怎么知道你们是她的后人？

陈红：后来就是通过一个赵一曼的战友何成湘，当时也是在东北抗联当组织部长，也是四川人。有一次开会的时候，赵一曼的二姐就问到这事，何成湘说有一个瘦李子，但是不知道是不是你妹妹，如果你有照片就好了。后来二姐就把那照片给何成湘寄过去了，何成湘收到照片后惊呼：“哎哟！这就是她，瘦李子赵一曼！”

张羽：当您的父亲，也就是宁儿他知道自己是赵一曼儿子的时候是什么反应呢？

赵一曼烈士雕像

陈红：他觉得接受不了。因为他一直以为养母就是他亲生母亲。所以那个时候，爷爷就陪着他到东北烈士纪念馆去，看到奶奶给他留下的那封遗书，他特别伤心，特别难受。抄那封遗书时，他一会儿抄掉了字，一会儿抄错了字。回家以后，他为了记住妈妈，就在手臂上刺了三个字——赵一曼，这几个字陪伴他一生。小时候，看到我们家有一个烈士"光荣之家"的那个牌子，很好奇，我说想看看烈士证是什么样，结果我父亲说："没有！"当时烈士

赵一曼烈士证

证和抚恤金，他都没有去领。他觉得他没法面对：抚恤金拿到后，我是拿来吃还是拿来穿？那个是我母亲用生命换来的！他就没有办法去面对，所以我们家一直没有烈士证。2005 年，哈尔滨的尚志——就是她牺牲的地方政府，给我们家补发了烈士证，当地政府亲自送到四川来的。父亲跟我们说："奶奶是奶奶，英雄是英雄，奶奶是自己的，咱们记在心里就行了。"

张羽：您怎么看待当时赵一曼的这种选择？

陈红：因为我小的时候一直在宜宾长大，奶奶和英雄，我是始终联系不上的。在我心中，奶奶就跟我姨婆那个形象是一样的。我真正走近赵一曼，是通过 2005 年中央电视台关于她的文献片，从她出生的地方，到她学习工作的地方、战斗过的地方，我走了一路。有特别大的感触就是，我们是南方人，南方人到东北去，很难适应那里的气候。她负伤以后，她的腿是粉碎性的骨折，碎骨有二十几片。穿的是棉裤，当时那个冰碴、棉絮和血整个都在她大腿上，她连哼都不哼一声。为了她的信念，孩子也没法抚养了，但是最后她要牺牲的时候，她最放不下、最割舍不下的，还是她的儿子。

张羽：我听说您看到日本人折磨她的纪录，不忍直视？

陈红：我每次看到相关的纪录都特别难受。在 20 世纪 90 年代初，东北的一个中日友好机构，当时跟我说，有一位日本老兵想来见我，向我表示忏悔。他们是作为侵略者来的，我奶奶是作为反侵略者牺牲的，我觉得那个坎太大了，我说我跨不过去，所以我就当时没有接受。

◎赵一曼烈士的孙女陈红的回信

奶奶：

“希望不要忘记你的母亲是为国而牺牲的”，这是您留给您的宁儿，我的父亲的最后嘱托。父亲看到这封信时，是在您牺牲20年后，在东北烈士纪念馆，父亲几乎哭晕在您的绝笔信前。您可能想不到，之后父亲用钢笔把“赵一曼”三个字刻在了自己的手臂上，陪伴他终生。

我还不到一岁，就被父亲从北京的家里，送到您的老家四川宜宾，他做这个决定最重要的理由，就是希望我永远记住您老人家。跟您一样，我也是24岁做了母亲。从此，每想到您当年不得不与幼子生离，我总会去想，那时

赵一曼孙女陈红（左二）一家人合影

您内心有多不忍，有多思念。也才明白，生离之后是日思夜想痛彻心扉。懂得就义前您留给儿子的诀别书，每个字都浸透了感天动地的伟大母爱。要是可以选择，我愿意有一个能够与我们一起粗茶淡饭、平静生活、共享天伦的奶奶。您老人家也应该这样憧憬过吧！不过，为了更多人不再母子分离，不再流离失所，您选择了为国牺牲，让更多的人体会到了亲情的可贵。

奶奶，您走了83年了，今天给您回信，是想告诉您，我们都没有忘记您的嘱托！为之奋斗的祖国更没有忘记，奶奶您是为国而牺牲的！在您故乡翠屏山上，有一座您的汉白玉雕像，每天都会有来自全国各地的瞻仰者，来到这里给您送上一束白色的菊花。在您战斗过的哈尔滨，有一条以您的名字命名的一曼街，来来往往的路人都会把您记在心里。

92年前，您离开家乡宜宾的时候，是时代洪流中追求进步的一个女学生，还不到22岁。92年后，您的孙女我都已经有了外孙。我和女儿一家，过着简单而又平静的生活。您的第五代，都5岁了，可爱极了！我在信封里放了两张家人的照片，一并寄给您，希望您能看到！

孙女　陈红

写于您牺牲后的83年

陈毅安和李志强结婚照

陈毅安

（1901.1—1930.8）

因为信仰，一位黄埔军校生也不得不在丈夫和战士的身份间选择，离开爱妻走到了战争的最前线。他就是毛泽东主席亲自签发的“共和国第九烈士”陈毅安。

1928 年，一发正中敌军指挥部的炮弹为本处于战斗劣势的红四军赢得了黄洋界保卫战的胜利，这发炮弹正是由陈毅安指挥发出的。陈毅安不仅是战场骁将，更是一位痴情男子，他和爱人李志强一见钟情，却因投身革命，两人只能分隔两地。1923 年两人订婚，1929 年两人完婚。在这 6 年中，他们见面的机会屈指可数，最短暂的一次重逢是在火车站台上的 27 分钟。在陈毅安考入黄埔军校后，爱人李志强盼着陈毅安尽快毕业成为教员，安安

陈毅安和李志强的夹金相盒

稳稳地与自己长相厮守。陈毅安虽然知道爱人的心思，也自觉亏欠爱人许多。但是为革命理想，陈毅安早已决定走上战场成为战士，他决定说服爱人。1926 年 4 月 14 日，他写下了这封记录他命运转折的信。

炮火就在耳边，硝烟就在眼前，陈毅安在这样的环境下，共给李志强写下了 54 封情意绵绵的书信。在这之外，还有一封特殊的信。这封信是他们的一个生死约定，而这封信上，却一个字都没有。

陈毅安写给爱人李志强的信（节选）

六妹爱鉴：

我上次同你说，爱情固然是要好，但不能成为痴情。你恐怕我去打仗而死了，没有什么价值。你说不要糊糊涂涂地死了，这也不错，但是为了革命而死，为了民众谋利益而死，是不是糊糊涂涂呢？假若是的，那中国一定没有烈士，革命也永远不能成功。现在我进了学校，老实不客气对你不起了，也已经同别人又发生恋爱了。这个人，不是我一个人喜欢同他恋爱，世界上的人恐怕没有人不钟情于他，这个人就是列宁主义。你若明了他的意义，恐怕你也要同他恋爱了，若是你真能同他恋爱，就是我同你恋爱的真精神，请你早些下个决心吧，祝你保养身体，千万千万，并希努力。

你的灵魂毅　复　一九二六年四月十四日

陈晃明（左） 陈正烈（右）

“对话

张羽（采访人）：当初您母亲真正接到了这样一封没有字的信的时候，她是什么反应？

陈晃明（陈毅安的儿子）：这是他们以前的一个约定。她的丈夫陈毅安跟她讲过：“革命就有牺牲，牺牲之后我总要告诉你一声，就给你写一封信。没有字，就告诉你我已经牺牲了。”

陈正烈（陈毅安的孙子）：1930 年 8 月，红军从长沙城撤出以后，我祖父负责断后，这时候我奶奶就冲到战场上来，找我的爷爷。我爷爷一看我奶奶来了，当时战斗正激烈，就说：“赶紧下去。”然后找了一个墙角，告诉她：“现在的形势非常危险，随时有为革命牺牲的这种可能，你要有心理准备，万一我为革命献身了，我会装一封没有字的信，放在信皮里头，组织上会交到你手里头。”然后我祖母就说：“呸呸呸 ，千万别这么说。”所以她收到这封信以后，打开一看 是一封无字信，她就想起了这个约定，万分难受。但是，她不愿意相信，不接受这个事实。枪林弹雨打得最激烈的时候，都是活着撤出去的。一定级别的干部，牺牲了都会登报的，她没有在报纸上看见爷爷的死讯，我奶奶就确信爷爷还活着。她不相信他走了，然后她就说：“会不会是一封密写的信呢？”她让她的侄子到长沙，看看用药水能不能把它显形出来，结果什么都没有。但是，她始终没有放弃寻找她丈夫的机会。

张羽：即使有这样的约定，她接到这封无字信的时候，还是不相信陈毅安烈士已经牺牲了。那什么时候最终确认陈毅安牺牲了呢？

陈晃明：1937年，卢沟桥事变后，国共两党合作的时候。

陈正烈：奶奶的校长是徐特立，徐特立当时的身份是八路军驻长沙办事处主任，通过他向八路军总部、向毛主席写信，询问我祖父的情况。这时候毛主席就委托彭德怀同志，代表中央、代表八路军总部，写了一封回信。

张羽：等于是通过彭总的回信才最终确认陈毅安烈士已经牺牲了。那彭总的回信您还记得吗？

陈晃明：就是这封信。

志强先生台鉴：

来函敬悉，毅安同志为革命奔走，素著功绩，不幸在一九三〇年已阵亡，为民族解放中一大损失。当日寇大举进攻，民族危机日益严重的今日，只有继续毅安烈士精神，坚决奋斗，完成其未竟的遗志，尚望珍重，此复康健。

彭德怀

十月一日

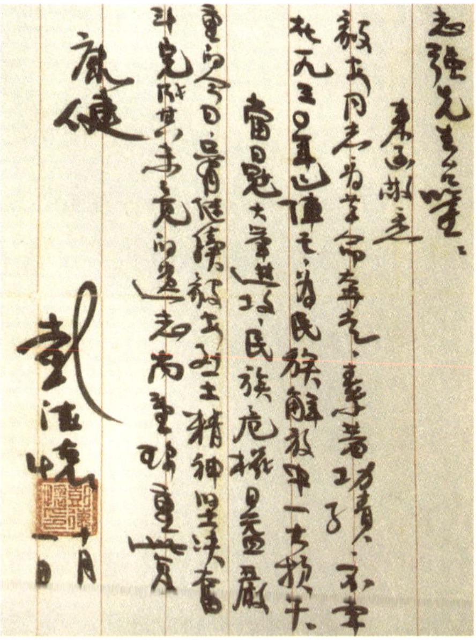

彭德怀的回信

张羽:时隔七年之后,最终确认了丈夫牺牲在战场上了,当时您的母亲是什么状况呢?

陈晃明:看到这样一封信,她就确认丈夫陈毅安不在了。

陈正烈:我奶奶接到了八路军总部的回信后,十分地悲痛。那时候我父亲还小,就是七岁多吧,他看着他的妈妈在那儿悲痛欲绝地哭,他就喊着说:"妈妈妈妈,你别哭,你别哭啊!"然后我的奶奶就带着我的父亲回到了老家,回到了他们结婚的那个房间,抱着我父亲躺在那张床上痛哭流涕。

张羽:在那样一个战乱年代,要保存这54封信,也不是很容易的事情吧?

陈正烈:在稍微安定一点的时候,是放在一个小箱子里。后来,有时候形势不稳定,经常打仗的时候,她就把信件放在了一个坛子里,埋在她们老屋子的一棵树下,所以这些信件才得以保存。后来彭总还把我祖父的一些遗物寄回来了,其中有一张我祖父和我祖母的最后的合影照片。这张照片因为在战争年代沾着我祖父的血迹,奶奶就是靠着这个54封信和这幅血染的照片支撑了53年。

◎ 陈毅安烈士的孙子陈正烈的回信

爷爷：

您为国舍家、献身革命、献身理想，奶奶却痴情一生，为您守家。

您牺牲后7个月，我的父亲出生了，奶奶为他取名为陈晃明，寓意着一晃就能见到了光明。战乱结束，奶奶都会小心翼翼地把您写给她的54封信件一封一封地拿出来，整理好放到床头的柜子上。新中国成立以后，生活安定了，奶奶经常会拿出信来反复地读，读着读着就会泪流满面。很多时候，奶奶还会对着您的照片，说上很长时间的话，您一定都听到了吧！在她的心里，您一直都活着，从来没有离开过她！您的54封信，陪伴着她，度过了没有您的53年，19345个日日夜夜。

陈毅安爱人李志强

36年前，奶奶也走了，她生前对我们说，她与您相识相知7年，在一起的时间，不过只有短短的几个月。她走后，要安葬在您牺牲的地方，一生一世与您永不分离。根据奶奶的遗愿，她与您一同安息于井冈山的苍苍翠柏之中。奶奶给我取名正烈，奶奶说，这个烈字是让我要记住自己是烈士的后代，肩上的责任和担子。战争年代，您这一代的革命者怀着一颗救中国的心和责任，前赴后继，流血牺牲。今天，接力棒传到了我们这一代人手中，可以自豪地向您汇报，今日之中国，我们已经拥有了一支听党指挥、能打胜仗、作风优良的人民军队，那个列强欺凌、内乱不止的时代已经一去不复返了。

敬爱的爷爷，如今您的儿子已经89岁了，您的孙儿也是60多岁的人了，我们带着您的信仰，追寻着您的足迹，见证了中国百年之巨变，也将继续怀着这份信仰，守护着国家的未来。爷爷放心，我们一切都好，祖国一切都好！

此致

敬礼！

您的孙儿　陈正烈

写于您牺牲后的89年

第二章

黎明，这是一个希望与绝望交织的时间节点，黎明之前的黑暗足以吞噬一切。而先烈报国，许多人牺牲在黎明之前。曙光将现，却终不能得见，于我们满是遗憾。今天，就让我们以新中国的成立为时间坐标，一起来缅怀那些牺牲在新中国成立前的先烈们，一起感受我们的遗憾和他们的留恋。

微信扫一扫，获取本章视频。

黎明之前

跨越时空的回信

李白

李白

（1910.5—1949.5）

1948 年 12 月 30 日凌晨，一段长长的秘密电波，从上海黄渡路 107 弄 15 号的寓所发出。电波的内容是国民党军队长江布防图。而正是凭此电报，4 个月之后，中国人民解放军发动渡江战役，为成功突破国民党的长江防线起到了重要的作用。百万雄师过大江，兵锋所指，摧枯拉朽。那么这封重要的电报，是谁发出的呢？他就是李白。

李白，原名李华初，湖南浏阳人，从 1937 到 1948 年，他的电台是上海连接党中央的最重要的信息传输通道。日军和国民党的诸多重要情报，都是经由李白之手输送到了党中央。1948 年 12 月 30 日凌晨，国民党特务利用最先进的侦测设备，监测出了李白的位置，最终李白被捕入狱，并受到长达

渡江战役

30小时的刑讯。但李白始终坚守信念,没有对敌人吐露半分。面对国民党反动派的节节败退,身陷囹圄的李白,感受到国民党可能会负隅顽抗,采取极端手段,但他仍然泰然自若、毫无惧色,甚至给妻子写下了一封看似琐碎近乎唠叨的家书。

李白这封看似平淡的家书,其实是他的绝笔信,它展现了李白从容不迫、慨然赴死的决心。15天后,1949年5月7日,李白被枪决于浦东戚家庙,时年39岁,倒在了上海解放的黎明之前。除了这封留给家人的信之外,他还给他的战友们发出了最后一条特殊的电波。“告警! 同志们,永别了! 我想念你们!”电影《永不消逝的电波》家喻户晓,片中主人公李侠的原型正是李白。而现实中,李白最后发送的电波内容究竟是什么? 接收到李白最后一条电报的人,是个年仅16岁的小战士,而这位小战士并不知道,电波另一端的战友,当时已经被捕。70年来她从来没有忘记过,那个惊心动魄的夜晚,她一直在寻找电波那头的战友。

李白写给妻子的信

慧英：

本月二十二日（星期五）下午，我由警备部解来南市蓬莱路警察局看守所羁押。这里房间空气比警备部看守所好，但离家路远，接见比以前要困难。你若来看我，要和舅母一同来，坐车时好照顾好小孩。听说这里每逢星期一、五上午九至十时，下午三至四时，可以送东西。因路远，来时请买些咸萝白（卜）干，或可久留不易坏的东西。带点现钞给我，以便用时便利。炒米粉亦请带些来，此外肥皂一块、热水井（瓶）一只。我在这里一切自知保重，尽可放心。家庭困苦，请你善自料理，并好好抚养小孩为盼。祝好！

静安　字　一九四九年四月二十二日晚

张羽（采访人）：让我们有请回信人。

苏采青：我叫苏采青，今年[1]87岁了。我就是1948年12月30日凌晨，接收李白电台所发报文的那个人。

张羽：苏采青奶奶就是当时，接收李白最后一封情报的人。

苏采青：1948年12月30号的凌晨，我在西柏坡。因是处在三大战役决战的阶段，所以报文是比较多的。那天联络前，我们组织就提醒过他，说有叛徒告密，你可能会有危险，这封报文是不是不要发了。但是他认为必须及时发出报文。他在发了一段报文之后，突然间没有声音了，过了一阵之后，又接着给我发报，但这时候发报的速度就比前一段要快多了，变得很急着要把这个报发完。他没有等我回复，紧接着就发了一个"嘀嘀嘀嗒、嘀嘀嘀嗒、嘀嘀嘀嗒"这样的声音。

张羽：这是什么意思呢？

苏采青：三个V字的摩尔斯电码。这个信号，是我们领导事前规定的，如果发生什么不测或意外的情况，他要尽可能地向中央做一个报告。这就是示警，他处境危险。他发出的这个信号，居然就被我听到了。我当时十分

① 本书"今年"均指2019年。

慌张，连机器都没有关，就跑到我们台长办公室，向他做了报告，说我的对方发了警示信号。然后我根本没有听这个领导给我什么嘱咐，马上就跑回到报房。我坐到收报机前，继续戴上耳机，期望能够听到对方，再能够给我任何的信息，但是……

张羽：就杳无音讯了。

苏采青：我坐了很久，收听无效。

张羽：所以李白烈士实际上为了发出情报而牺牲了自己。

苏采青：是的。他一直坚持电台重于生命，我特别钦佩他的这种精神。他践行这样的诺言，他说到做到，他言行一致，我觉得他是真英雄！

张羽：那您接到了这样一个示警电报，您知道是谁给您发的电报吗？谁传送了这份情报吗？

苏采青：完全不知道。领导交给我这个任务的时候，是 1948 年 10 月中旬，我当时只是一个 16 岁的技术新手，交给我这么重要的一个任务，可以说我是战战兢兢的。好在我跟对方联络了几次之后，我的信心就增强了。为什么呢？因为我遇到了一个能够引领我的对手，他通报的经验很丰富。比如说，他收我的报，很少让我重复；他给我发报的时候，每个字之间的间隔非常均匀，保证了我们在空中通道中工作、互相合作，能够发挥出它应有的重要的作用。虽然是从未谋面，我也不知道他是谁，甚至不知道他是男是女，这种战友的感情啊，我觉得只有在战争年代有过这样一种工作关系的人才会有的。他不是亲人胜似亲人，跟他失去联络之后，我的心里就种下了一个刻骨铭心的悬念，我的对方是谁呀？他到底怎么了？

张羽：苏奶奶，您一直没有放弃寻找，几十年来一直在坚持，那么最终什么时候解开了这个谜团呢？

苏采青：2005 年的 11 月，报纸上的一个专栏，题目叫《永远的丰碑》，其中有一篇就是这个。

张羽：您还保留着当时的简报。

苏采青：写的正是我们经历的那一晚。

张羽：这个报道的题目叫《〈永不消逝的电波〉原型——李白》，然后记录了具体的时间、地点和这个过程。

苏采青：对。我当时看了特别感慨，就把它剪下来，而且就在旁边还写了这么一段话，“这就是我记忆中的那一晚”。肯定是那天晚上——1948年12月30日凌晨。我当时看了报道，一直到三年以后，2008年我在《中国电视报》一篇报道当中，看到李克农部长在上海解放的第三天，1949年5月30日，就致电上海陈毅市长，要不惜代价查找李白同志的下落。我看到这个报道之后，就确认李白电台，就是我的联络对方。

永远的丰碑

《永不消逝的电波》原型——李白

新华社电 为了纪念在上海长期从事党的地下工作的共产党员李白，以他为原型，拍摄了电影《永不消逝的电波》。电影中的李侠对党忠心耿耿、为革命英勇献身的事迹，真实地再现了李白烈士的一生。

李白，原名李华初，曾用名李朴，化名李霞、李静安。1910年5月出生于湖南省浏阳县，1925年加入中国共产党。1927年参加湘赣边秋收起义，1930年8月参加中国工农红军，成为红四军通信连的一名战士，后任通信连指导员。1934年6月，李白调到瑞金红军通信学校第二期电讯班学习无线电技术，结业后分配到红五军团任电台台长兼政治委员，参加了长征。

全国抗战爆发后，1937年10月，李白受党组织派遣，化名李霞，赴上海担任党的秘密电台的工作，用无线电波架起了上海和延安之间的“空中桥梁”。到1939年，工作环境更加险恶，党组织安排女工出身的共产党员裘慧英与李白假扮夫妻，掩护电台，开展工作。两人在共同的革命斗争中产生爱情，后经地下党组织批准结为夫妻，成为秘密斗争之家。

1942年9月，日军在对秘密电台的侦测中，逮捕了李白夫妇。日寇对李白施以种种酷刑，但他一口咬定自己是私人电台。1943年5月，经党组织营救获保释。出狱后，党组织将李白夫妇调往浙江，安排他打入国民党国际问题研究所做报务员。他化名李静安，往返于浙江的淳安、场口和江西的铅山之间，利用国民党的电台，为党秘密传送日伪和美蒋方面大量的战略情报。

抗战胜利后，李白回到上海，继续从事党的秘密电台工作。1948年12月30日凌晨，在与党中央进行电讯联络过程中被国民党特务机关测出电台位置而被捕。

1949年5月7日，在上海解放前夕，李白被国民党特务秘密杀害，牺牲时年仅39岁。

新华社专栏报道《〈永不消逝的电波〉原型——李白》

旁白：2010年10月，苏采青和爱人黎虹，第一次走进了李白烈士故居。苏采青终于来到了当年李白给她发送电报的地方，她终于找到了她62年前的战友，而这也是他们跨越时空的第一次重逢。

张羽：那么今天在这样一个特别

的场合，您要通过跨越时空回信这种形式，跟李白烈士进行一次沟通，您是什么感受呢？

苏采青：5月7日，就是李白烈士牺牲70周年的纪念日。在我们共和国的基因里头，有着数千万烈士的血液，其中就有李白烈士5月7日洒在上海滩的那一腔热血。而且在我们共和国的基因里，就有李白烈士"永不消逝的电波"，我们会永远记住他、学习他。我很想给李白同志发一封来自我肺腑的心声（回电）。

◎接收李白最后一条电报的苏采青的回信

尊敬的前辈、同行战友李白同志：

这是我知道您的真实身份后，第一次给您回信。昨天，5月7日，是您牺牲70周年的纪念日。我又重新翻开当年报道您的那篇简报，上面又看到，当时我写下的一句话："这就是我记忆中的那一晚！"而您就是我找寻了71年的战友！

新中国成立后，特别是改革开放后，有关您的信息多了起来，电影上、报刊上、电视上，您的故事被广泛传颂。我每了解您多一点，敬佩之情就更深

苏采青和李白雕像

一点。而当年，接收您电文的那个小姑娘，现在已经白发苍苍。

此刻，我就坐在您曾经坐过的椅子上，静静地看着您。回想新中国成立的时候，我多么希望您也和我一样，见证新中国诞生的这一伟大时刻。您那时若在，您可能成为新中国通信事业的领军者，我还会在您的领导下，学会更多的新技术。我对您的记忆，不会因为时间的流逝而淡化，您的形象，也不会因为时间的流逝而被遗忘。因为新中国的基因里，有您“永不消逝的电波”。

您的晚辈战友　苏采青

写于您牺牲后的 70 周年

彭壮壮一家吊唁江姐

江竹筠

（1920.8—1949.11）

1949 年 10 月 1 日，全国上下举国欢腾。可距离上海千里之外的山城重庆渣滓洞监狱内，一位肩负秘密使命的中共地下党员，却无法亲眼看到这一切。许多人叫她江姐，她的本名叫江竹筠。江竹筠，四川自贡人，中国共产党地下组织的重要人物。她的丈夫彭咏梧，负责下川东组织领导武装斗争，1948 年 1 月，彭咏梧为掩护同志壮烈捐躯，江竹筠忍痛接任其工作，同年 6 月，江竹筠在万县被捕。在狱中，国民党特务对她用尽各种酷刑，但江竹筠的回应至今震撼人心："钉吧！竹签子毕竟是竹子做的，共产党员的意志是钢铁！"在狱中的江竹筠，不断听到各地的胜利消息，即使酷刑加身，她也坚信黎明就在眼前。

这个在敌人面前硬如钢铁的女人，最后让她柔软下来的，还是她始终放

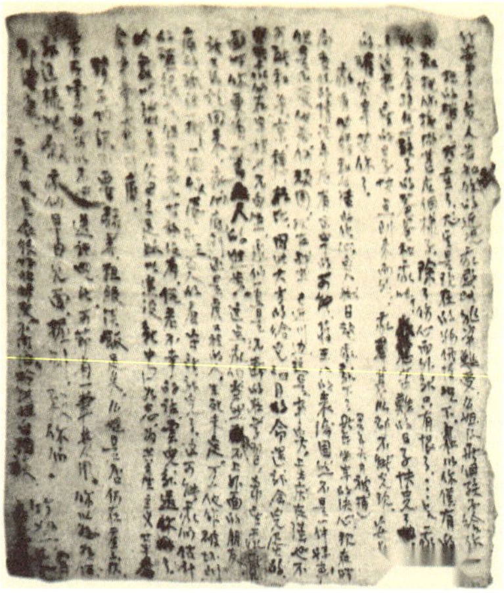

江姐的托孤信

心不下的孩子。1949年8月27日,江竹筠在被关押的一年零两个月之后,她给亲人谭竹安写了一封家信,此时,距离新中国建立只有34天。烽火年代中的江姐,飒爽硬朗,而在书信里,江姐却展现出柔情的一面。我们记住了狱中那个严守秘密、视死如归的女战士,也不能忘记,在果敢背后,江姐内心深处的温情与不舍。

1949年11月,刘邓大军进军西南,逼近重庆。三个月后,重庆也如江姐所预料的一般,终于解放了。1949年11月14日,这一天,丧心病狂的国民党反动派,制造了骇人听闻的大屠杀。江竹筠牺牲于歌乐山电台岚垭刑场,时年29岁。临刑前,江竹筠把自己的梳子、牙刷、口杯,所有能送的东西都送给了其他难友,身上唯一带的,就是自己儿子彭云的照片。而此时的彭云,只有3岁。江竹筠在生命最后时刻牵挂的云儿,70年来又经历了怎样的人生轨迹呢?

江竹筠写给亲人谭竹安的信（节选）

竹安弟：

友人告知我你的近况，我感到非常难受。尤其是现在的物价情况下，以你仅有的收入，不知把你拖成甚么个样子。苦难的日子快完了，除了希望这日子快点到来而外，我什么都不能兑现。我有必胜和必活的信心，现在战事已近川边，这是事实，重庆在（再）强也不可能和平、京、穗相比，因此大方地给它三、四月的命运就会完蛋的。我们在牢里也不白坐，我们一直是不断的在学习，希望我俩见面时你更有惊人的进步。我们到底还是虎口里的人，生死未定，假若不幸的话，云儿就送给你了，盼教以踏着父母之足迹，以建设新中国为志，为共产主义革命事业奋斗到底。孩子们决不要骄（娇）养，粗服淡饭足矣。就这样吧。愿我们早日见面。握别。愿你们都健康。

竹姐　一九四九年八月二十七日

张羽(采访人):欢迎您!壮壮。

彭壮壮:大家好,我叫彭壮壮,是江姐的孙子,我的父亲是彭云,就是奶奶(江竹筠)信中提到的云儿,父亲因为年事已高,特地嘱托我今天来到现场。

张羽:非常遗憾你的父亲不能来到现场,大家都非常关心,他后来是怎么长大的?

彭壮壮:奶奶牺牲的时候,父亲只有三岁,父亲之后在重庆长大,他学习非常优异,考入了哈尔滨军事工程学院。在1978年,他考上了中国科学院计算所的研究生。1980年,他非常有幸获得了公派留学的机会,去美国继续深造,研读计算机的博士。之后,他一直从事计算机的教研工作。父亲虽然年事已高,但只要有机会,还会再回重庆,去吊唁、祭扫爷爷奶奶。

张羽:那您什么时候知道英雄江姐就是您的奶奶呢?

彭壮壮:知道这件事情可能跟大家的想象不一定完全一样。大家想象可能是,也许爸爸妈妈会给你讲,也许其他的长辈会告诉你。但是恰恰相反,在我们家里,大家都希望我能够在一个不认为自己很特殊的环境中成长,所以，家里的人并没有告诉我。我非常早的一个记忆，应该是在我读幼儿园的时候，幼儿园放一部电影，叫《烈火中永生》。放这部电影的时候，幼儿园的老师就说，这部电影里的江姐，她的孙子就在我们班。然后所有小朋友都看着我，我很惊讶，因为我突然变成了所有同学眼中的关注点。

张羽：当初你知道自己是烈士的后代之后，那你的感受有什么不同呢？

彭壮壮：我记得小学四年级，奶奶小时候的同学，在地下工作当中的战友何理立奶奶给我讲：1948 年的春节，我奶奶从下川东地区回到重庆。当天晚上，奶奶一直抱着我的父亲（彭云）哭着不停。然后奶奶（江竹筠）就问何

彭云、彭壮壮和彭然祖孙三代参观复兴之路展览

奶奶,你说一个两岁的小孩儿,能记得自己父母的长相吗?何奶奶就说你今天真奇怪,为什么又提这样的事情,等再过两年,革命成功了,你们一家团聚在一起,有什么记得住记不住的。过了十几分钟,奶奶告诉何奶奶,我的爷爷(彭咏梧)已经牺牲了。奶奶自己呢,很快也会回到最危险的地方去工作,那也就意味着她和我爸爸(彭云)也可能是一次永别。何奶奶讲这个故事时候,离1949年已经过去了将近40年,但是她讲的时候,她自己也哭了。所以在我小时候,有很多这样的故事伴随着我长大,他们的战友,告诉了我很多关于爷爷奶奶的故事,他们一直希望,爷爷奶奶这些故事能够在我的生命当中,影响我的一生。

张羽:在2000年的时候,您特地又重新走了一回爷爷和奶奶曾经走过的路,这一路有什么感受和新的认识呢?

彭壮壮:我是16岁的时候去美国留学,18岁的时候考入哈佛大学学数学。在异国他乡求学的过程当中,有很多迷茫和困惑的时候,2000年就是这样一个时间点。那个时候,我马上就要拿到博士学位了,我面临着一个选择:去哪里?做什么样的事情?我想能更好地去面对这样一个选择,所以我希望能够去爷爷奶奶年轻时候生活过、战斗过的地方,去寻找他们的足迹。在奉节的老城随便走走,这个城不大,周围有很多人,熙熙攘攘的人群,大家都在安逸地吃着晚饭。当时我就有一种感觉,也许几十年前,爷爷奶奶就在这条路上走过。所以,那天晚上我下定决心:一定要回国工作。

张羽:我知道你的孩子也八九岁了。你会不会告诉你的孩子?他的太奶奶(江竹筠)是一个英烈。

彭壮壮:我有两个孩子,老大是一个男孩,叫彭然,九岁了。妹妹是个女孩,叫彭亦,六岁了。我的儿子就开始有一些懵懵懂懂的概念,比如,他会问你:“太爷爷(彭咏梧)以前是拿着枪带兵打仗的吗?”他会有很多这样的孩

彭壮壮带着儿子回重庆祭扫

子式的问题，所以在 2018 年的 1 月，我带着彭然去祭扫他的太爷爷和太奶奶。我想，在这样的一个环境中，他能够更好地去理解太爷爷太奶奶生活在什么样的一种环境。他们为什么做了那些选择，他们为什么留下了那些事迹。我想让他知道，一份责任，他们最根本的责任，是不要忘记。我想让他记住一份爱。因为在奶奶的那封信里面，其实我作为家人，能感到深深的爱，感到她对生活的爱，能感到她对工作、对战友们的爱，当然也能感觉到她对所有家人们的爱，所以这份爱，我也希望孩子们能够继承下去。

◎江姐的孙子彭壮壮的回信

亲爱的奶奶：

我是壮壮，您的孙儿。您虽然没有见过我，可如果您能看到，或许能认出我来。我继承了您的下巴和颧骨，继承了爷爷的眉毛和身材。在爸爸的脸上，在我的脸上，还能找到你们的影子。

奶奶，您离开我们七十年了，可您没有被忘记，您也一直在我们的生命里。您一定还记得何理立奶奶吧，她是您最好的朋友和战友。小时候，何奶奶常给我讲你们年轻时的故事。童年的欢笑，地下工作的艰险，家庭的幸福，还有您对父亲的牵挂。

江竹筠（左）和何理立（右）

虽然我不能和您一起享受祖孙间的欢乐，但这些故事让您不再陌生。在我的成长中，您给了我一种特殊的力量和信念。我 16 岁出国留学，18 岁时考入哈佛大学学习数学。我想您若知道我学业有成，一定也会为我高兴。

2000 年的夏天，在出国十年后，我想着要回到家乡看看。这次回国也为我带来了一段意想不到的缘分。我去看望了何理立奶奶，在她家遇到了她的孙女仲琦。我们相识、相爱、成家，有了两个可爱的孩子。你们将近一个世纪的缘分，跨越四代人，化作了两个孩子身上共同的血脉。

两个孩子依然继承了您的面容。老大彭然是哥哥，今年 9 岁了，他渐渐懂事。一年前，然然在学校准备一次讲演，题目是《改变世界的人》，他有些犹豫地问我："能讲太奶奶吗？"我非常感动于他对这份传承的用心。我用最简单的语言，帮他明白这些家国的回忆。他这样写道："那时的世界，是很悲惨的，是不公平的，很多孩子吃不饱，上不了学，有很多战争，我的太奶奶想改变这一切。"

孩子的思想虽然稚嫩，可我想您也会觉着他明白了一些道理。您和所有如您一样为理想献身的人改变了这个世界。您给了我们生命，指引着我们前行。虽然我们没有见过您的音容笑貌，但是我们的脸上都带着您的面容，我们的生命是您的生命和爱的延续。

您的孙儿　壮壮

写于您牺牲后 70 年

第三章

为报国而离家，未知归期；于国家，是希望，但对家人，是牵挂。许多先烈身负特殊使命，即使面对至亲，有些话也不可说，于是误会成心结，抱憾终生。更多的先烈，虽心有不舍，却怕情感羁绊，认为许多话不必说，唯用家信一封，以解乡愁。他们中的许多人，因为离家后生死未卜，渐被遗忘；于是，对我们来说，记住，便是最好的致敬。

微信扫一扫，获取本章视频。

离家

跨越时空的回信

冷少农

（1900.1—1932.5）

冷少农

冷少农，贵州瓮安人，共和国早期最杰出的红色特工之一，是我党隐蔽战线的先驱，他送出的情报“一纸可敌百万兵”。在艰难的革命年代，冷少农接受周恩来同志的直接领导，潜伏于国民党行政院军政部长何应钦的身边，为革命事业做出了巨大贡献。在中央苏区第一、第二、第三次反“围剿”中，是冷少农及时提供了情报，让中央苏区红军能够提前部署，得以粉碎国民党军队的围攻，使得中国革命转危为安。

面对敌人，冷少农谋划重重，可面对母亲，冷少农却是一点办法没有。1930 年 3 月，身处南京的冷少农收到一封来自贵州瓮安的家信。在信中，冷少农的母亲用“不忠不孝，忘恩负义”八个字痛斥他为“不孝儿”！面对母亲

冷少农烈士家属合照（前排右边：冷少农的母亲宋德惠；前排中间：冷启中；前排左边：冷少农的妻子商娴贞；后排右边：冷少农的儿子冷德昌）

的斥责，冷少农知道，自己离家5年，母亲是误会自己在外贪图享乐、弃家不顾了。1930年3月31日，面对母亲的指责，陷入痛苦和内疚之中的冷少农，回给母亲一封长达14页、5000多字的长信，希望获得母亲的谅解。

因为不能暴露自己的潜伏身份，冷少农在信中只能用“我把我的孝移去孝顺大多数痛苦的人类，忠实地去为他们努力”，用这种至善大孝来告诉母亲，自己绝非“不忠不孝，忘恩负义”的不孝儿。很遗憾，冷少农还没有来得及向母亲和家人当面解释，1932年6月9日，因为叛徒出卖，冷少农身份暴露，牺牲于南京雨花台。那么，母亲及家人收到这封家信，是否真正理解冷少农的处境和他正在追求的理想呢，会消除对他的误会吗？

冷少农写给母亲的信（节选）

母亲：

好久没有接着你们的信了，更是好久没有聆着你老人家慈爱亲切的教训了，我的心中是多么想念哟！真的！我现在确是成为一个你老人家所骂的『不忠不孝，忘恩负义』的人儿了。我为什么要这样『不忠不孝，忘恩负义』呢？你老人家和家庭中一切人过去和现在的苦痛，我是知道的，但是无论怎样的苦，总不会比较那些挑抬的和那些讨田耕种的、讨饭的小偷们、土匪们苦痛。他们一天做到晚，连自己的肚皮却装不满，连自己的身上都遮不着……母亲，你看他们多么的痛苦，是多么的可怜哟。我想使他们个个都有饭吃，都有衣穿，都有房子住，都有事情作。这样的事情，是一件最大而又最复杂的事情，我要这样干，非得把全身的力量贯注着，非得把生命贡献。我既把我的力量和生命都交给这一件事情，我怎么能够有工夫回家来，母亲，我真的是『不忠不孝，忘恩负义』吗？我是把我的孝，移去孝顺大多数痛苦的人类，忠实的（地）去为他们努力。我热情的（地）流露，希望你老人家和家中的老少们，深深给我以原谅吧。

谨此，敬祝健康！合家安乐！

二儿农　一九三〇年三月三十一日

“ 对话

冷启中:大家好,我是冷少农的长孙冷启中,72岁,来自冷少农的家乡贵州省瓮安县。

张羽(采访人):冷先生,为什么太奶奶在给冷少农去信的过程当中用“不忠不孝,忘恩负义”这样一个重词来“谴责”自己的儿子呢?

冷启中:因为当时家里很穷,我的爷爷冷少农离开家的时候,我的父亲才出生五个月。后来爷爷的三弟、四弟、大哥,他的几个兄弟都相继离开了人世,白发人送黑发人,太奶奶很痛苦。家里情况也不好,太奶奶和我的奶奶,两代寡母操持家庭,还要受当地恶霸的欺负,这个时候太奶奶就想:要是爷爷能够回来,在当地任一官半职,家里面就不会过得这样艰辛,不会生活得这样苦!太奶奶写了很多次信催促爷爷回家,但是爷爷始终没有回来。太奶奶就失望了,很难受。有一次爷爷想安慰家里的亲人,让她们不要太担心他,就寄了一张有男女青年合影的照片,太奶奶看了以后,误认为爷爷在外面重新成家、独享荣华富贵了。

张羽:从这封信看出,当时母亲对冷少农有着很深的误会,那么接到这封信之后,你的太奶奶和家人消除了对你爷爷的误会吗?

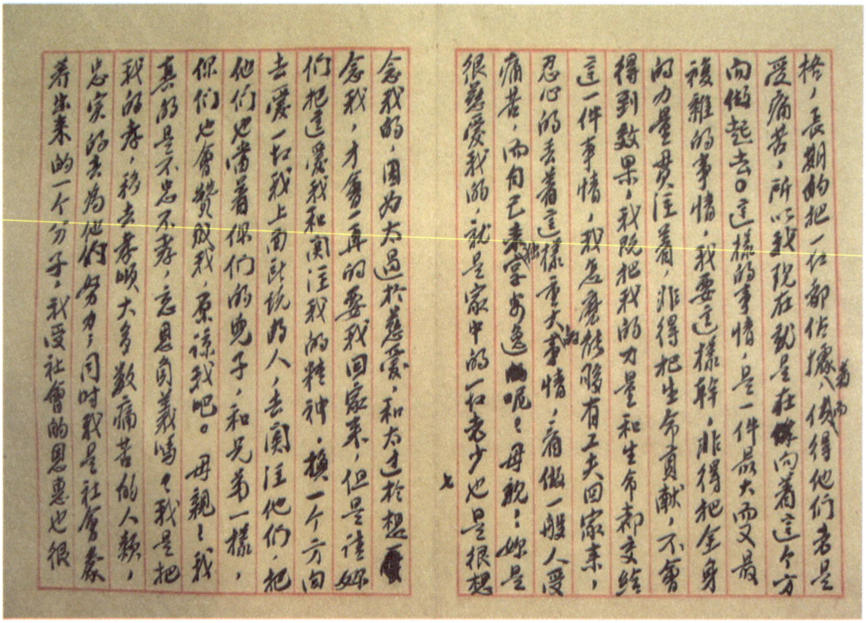
格，長期的把一切都作犧牲，使得他們都是
受痛苦，所以我現在就是在做向着這个方
向做起去。這樣的事情，是一件最大而又最
複雜的事情，我要這樣幹，非得把全身
的力量貫注着，非得把生命貢獻，不會
得到效果，我既把我的力量和生命都交給
這一件事情，我怎麼能夠有工夫回家來，
忍心的丟着這樣重大的事情，看做一般人受
痛苦，而自己去享安逸呢？母親！妳是
很慈愛我的，就是家中的一切老少也是很想
念我的，因為太過於慈愛，和太過於想念
我，才會一再的要我回家來，但是請妳
們把這愛我和關注我的精神，換一个方向
去愛一切我上面所說的人，去關注他們，把
他們也當着你們的兒子，和兄弟一樣，
你們也會贊成我，原諒我吧。母親！我
真的是不忠不孝，忘恩負義嗎？我是把
我的孝，移去孝順大多數痛苦的人類，
忠實的去為他們努力，同時我是社會裏
养出來的一个分子，我受社會的恩惠也很

冷少农给母亲的信

冷启中：没有消除！因为信中讲到什么革命，类似“我是把我的孝，移去孝顺大多数痛苦的人类，忠实的（地）去为他们努力”这些话，太奶奶是个农村妇女，对类似革命的话不理解、不懂，听不明白。

张羽：那么爷爷把这封信寄回家后并没有消除太奶奶的误会，太奶奶那时知道冷少农烈士已经不在人世了吗？

冷启中：不知道。一直瞒了十二年！直到爷爷的大哥去世。当时，按照当地的风俗习惯，要在纸上写上过世的人的名字，写的人不小心把爷爷冷少农的名字也写上去了。这一来，太奶奶知道了，当时就晕倒在地！

张羽：由此可以看到，虽然太奶奶她这样斥责他，其实内心一直非常牵挂他、关爱他。

冷启中:对。

张羽:那么在太奶奶有生之年,这个误会消除了吗? 解开了吗?

冷启中:1951 年,当地干部敲锣打鼓,送来了“光荣之家”的牌子。这个时候,太奶奶就知道了:爷爷是在外面做好事,是为群众的利益牺牲了生命。所以她就说:错怪了老二,错怪了! 一直纠结在心里的这块石头,这个心结就落下去了。看见这块“光荣之家”的牌子她感到光荣,感到自豪!

张羽:最终太奶奶的心里获得了一丝安慰,觉得自己的儿子,并不是“不忠不孝,忘恩负义”的人,而是为了大多数人去做好事情的。

冷启中:遗憾的是,1951 年 7 月,太奶奶过世了。1952 年,中央人民政府送来了毛泽东主席签发的烈士证书,可惜太奶奶没有看见,她已经走了。

张羽:那么家里人什么时候知道,冷少农烈士是一个红色特工而且为革命做出了巨大的贡献呢?

冷启中:在 20 世纪 80 年代,各级党委成立了党史研究室,征集调查烈士的资料,这个时候家里就知道了,爷爷是中共隐蔽战线的红色特工! 但是从事了什么具体工作,做了什么贡献还不知道。 一直到建党 90 周年之后, 各大媒体宣传爷爷的事迹,我们才完全了解爷爷为国家、为人民做出了重大贡献。

旁白:从“不孝儿”到“隐蔽战线的先驱”,他是我们应该铭记的英雄,在冷少农牺牲 79 年之后,他的家人才真正认识了他,国人才知道冷少农的英雄事迹。但其实,我党从未忘记这位优秀的战士。

冷启中:听我的奶奶说,在 20 世纪 30 年代,曾经有两位“商人”到家里来,他们说他们的“老板”与冷少农是朋友,因为“老板”太忙抽不了身,就派他们两个到冷少农的家乡来,看望冷少农的母亲,我的太奶奶。他们带了 10 块大洋,两份点心来看望老人家。当时我的太奶奶非常感动。他们还专门交代:“我们来要守口如瓶,不能向外人说。”太奶奶也一直没对外说起这

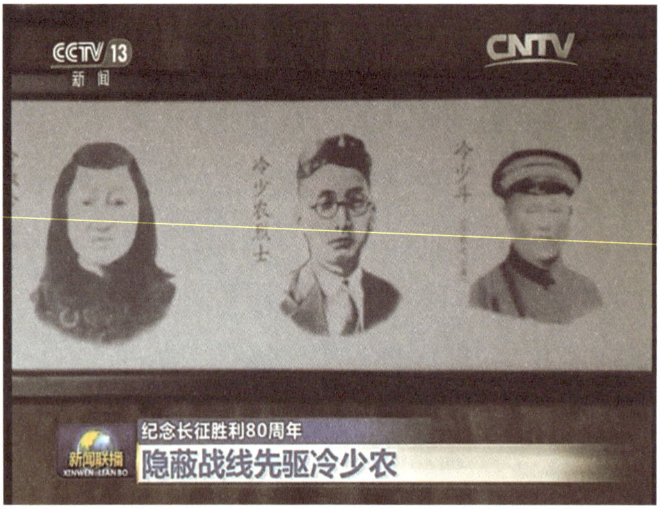

2016 年央视《新闻联播》在“纪念长征胜利 80 周年”主题报道中，报道冷少农烈士事迹

个事情。后来，我们才知道这个银元是谁送的。当时，江苏党史办的同志问我们，你们家里面曾经收到过有人送来的银元吗？他们一讲，我们才知道，这个银元是原来是周恩来总理关心我们家专门送来的！ 1934 年，中央红军长征途中经过瓮安。这个时候，周恩来来到了瓮安，想起冷少农是瓮安人，想起了自己的战友，留恋的心情油然而生，就派了这两位红军干部化装成商人，到家里来慰问。

张羽：党并没有忘记自己的儿子。

冷启中：感谢党，感谢我们的周总理，对我们家庭的关心，看到这个银元我们就一直很感动。

张羽：冷少农牺了 87 年，我想今天这封跨越时空的回信将解开烈士的心结、消除误解，同时也告诉先辈，我们不负嘱托。

◎冷少农的孙子冷启中的回信

亲爱的爷爷：

我是您的长孙冷启中，我代表全家向您老人家问好！我猜想，您在牺牲之前，一定想对太奶奶说：忠孝难两全。现在想来，当您看到太奶奶骂您“不忠不孝，忘恩负义”时，一定很心痛。这种揪心之痛，肯定一直伴着您走到最后。爷爷，您别怪太奶奶。其实太奶奶最心疼的还是您。天冷了，担心您冻着，叫我奶奶快做棉鞋寄给您，据说南京夏天很热，又心焦您受不了，整天唠叨着。爷爷，对革命，您是功臣，但是对太奶奶，你一定觉得自己亏欠得太多。

2015 年，在雨花台，您牺牲的地方，我弯着腰，把雨花石一颗一颗往衣兜里揣，又捧了满满一手的土。后来，我把这抔土，还有雨花石都带回了家乡，

冷少农烈士家属在南京雨花台献花圈

埋在了太奶奶的坟旁，也算是把您带回了家，离家这么多年了，您就别再走了。

今天，我给您写这封信，是想告诉您，您对家人的愧疚和遗憾可以放下了，太奶奶已经知道您是为革命牺牲，早已原谅您并以您为骄傲，我们后辈人也会继续遵循您的教导，不负社会，不负家庭。孙儿更想告诉您的是，您当年的理想，让更多人有衣穿、有饭吃、有工作做，人民过上好日子，都已经实现了，您可以安心了！

您的长孙　冷启中

写于您牺牲后的87年

"南侨机工"成员——白雪娇

南侨机工

有这样一个特殊的群体,他们的离家,也是另外一种形式的回家。他们和冷少农烈士一样,并没有在战场上与敌人正面对抗,而是在另一条救国战线上无声地奉献。他们的武器是手中的方向盘,他们为国家号召而来,他们中的许多人甚至还来不及留下姓名,便长眠在祖国的西南边陲,以至于我们只能把他们统称为"南侨机工"。

1939年,中国抗日战争进入最困难的时期,沿海重要港口接连失陷,中国接收国际救援物资的陆上通道只剩下最后一条——滇缅公路。但战乱多年,此时的中国国内已经再难找出司机和相关技术人员,根本无法组成车队运输物资,一旦这条公路丧失作用,中国抗战将难以为继。面对如此危

刚回国时意气风发的南侨机工

机，身为东南亚华侨领袖的陈嘉庚先生发出了南侨总会第六号公告，召集起3000多名青年华侨，组成了南洋华侨机工回国服务团，共赴国难。

这其中有一位女机工白雪娇，时年25岁，出身于马来西亚望族，她的父母并不同意她回国参战，无奈之下，白雪娇偷偷化名为施夏圭，意为“私下归国”，报名参加了机工队。离家之时，白雪娇给父母寄出一封辞别信，此信被当地华文报纸全文登载，鼓舞了大批华侨青年。

正是白雪娇们的义无反顾，滇缅公路上迅速集结出二战时期最大的运输车队。1939年到1942年，他们为整个中国运输了抗战所需的90%的国际物资，共计50万吨军械、药物、器材等，并承担了中国远征军入缅作战的运兵任务，滇缅公路也因此被誉为“抗战输血管”。像白雪娇一样，离家归国的3000多名南侨机工，创造出了抗战时期的运输奇迹。让我们一起体会南侨机工后人代表为我们讲述离家背后的不舍与无畏。

白雪娇写给父母的信（节选）

亲爱的父母亲：

别了，现在什么也不能阻挠我投笔从戎了。我知道母亲是会因此伤心一场，但是我相信，父亲是不会因此责怪女儿的，相反的，一定是引以为荣的事。走之前，我是难过极了，在每分钟内，我的心，都起着往复数次的矛盾冲突。家是我所恋的，双亲弟妹是我所爱的，但是破碎的祖国，更是我所怀念热爱的。所以虽然几次的犹豫踌躇，到底我是怀着悲伤的情绪，含着心酸的眼泪，踏上征途了。

这次去，纯为效劳祖国而去的。虽然在救国建国的大业中，我的力量简直是够不上『沧海一粟』可是集天下的水滴而汇成大洋，我希望我能在救亡的汪流中，竭我一滴之微力。双亲，此去虽然千山万水，安危莫卜。但是，以有用之躯，以有用之时间，消耗于安逸与无谓中，才是令人哀惜不置的，尤其是在祖国危难时候，正是青年人奋发效力的时机。女儿是不孝的，望双亲宽怀自慰，善自珍重！

女儿雪娇留书 一九廿八年五月十八日

“对话

张羽（采访人）：让我们有请回信人，欢迎您，林先生。

林晓昌：我是南侨机工林福来的儿子，我叫林晓昌。

张羽：林先生，刚才从白雪娇的信中我们可以看到充满了离家的悲壮和不舍。对很多年轻人来说，这次离家就成了永别，他们到底经历了什么呢？

林晓昌：他们在这个死亡公路（滇缅公路）上要经过三个生死关，一个是日本飞机的轰炸，一个是疟疾，就是“打摆子”，一个是泥石路。山高坡陡，那个时候初一掉进去十五才到底。这三个生死关必须经过。据统计，腊戍到昆明是1559公里，平均每0.8公里就牺牲一个南侨机工，他们的平均年龄还不到23岁，就这样长眠在祖国的西南边陲。

张羽：所以说你的父亲最终能看到胜利应该是很幸运的。

林晓昌：对。

张羽：他是不是亲手埋葬了很多战友？

林晓昌：他说，他埋葬的战友最少有一百多人。我父亲那时候讲到他的战友阿陈，因为阿陈的父亲在马来西亚是富商，当时在马来西亚的时候叫“有钱出钱，没钱出力”。他（阿陈）父亲捐了一架飞机，后来阿陈坚持要来，阿陈的父亲又捐了汽车,仍然没有挡住阿陈参加抗战。

张羽:阿陈的父亲希望自己通过捐钱和物资来支持抗战,而儿子不需要亲赴战场?

林晓昌:对。但是他的儿子报国之心没有被打消,阿陈找到我父亲,就被安排在西南十四大队进行运输工作。但是阿陈那时候得了疟疾,他已经连续发烧了三天,到第四天早上起来的时候,就发现他的车子开得扭扭歪歪。因为我父亲当时在后面,就冲过去把他抓住,发现阿陈烧得昏倒了。阿陈说:“福来兄啊,我的报国之心可能到现在为止了。”他说:“我死了以后,一

南侨机工运输车队

定要把我埋在中国，不能带回马来西亚。”他一定要亲自看到日本鬼子被赶出国门。早上进行了抢救，下午，阿陈就离开了人世，年仅 24 岁。陈龙杰（阿陈）离开了马来西亚六个月，他父亲天天在南洋商报登报寻人启事，最后他父亲接回家的，是用一个袋子装了几根骨头，白生生的遗骸，他哭得昏倒，没有儿子了。我父亲和他的几个战友就跪下了，说：“陈伯伯，您儿子不在了，为国捐躯，我们永远是您的儿子。”最后的时候，他父亲还是完成了他儿子的心愿，就将他的遗骸埋在了滇缅公路上，用一块木头做碑。

林晓昌：1994 年，全家人准备早上去扫墓，但是那天我儿子叫他（林福来），他也不答应，我叫他也不答应，后来我就很生气了。我说：“老父亲，是我对你不孝或者什么？”他摇摇头说不是，就抱着我哭，大哭一场。他说：“阿昌啊，你知道，我们国家如此的强大，但是我们有 1000 多位战友，在滇缅公路

南侨机工整训班第一期合影

牺牲长眠的时候连碑都没有。我死了,清明节你们给我烧香,给我扫墓,给我磕头,可是谁为他们烧香磕头呢?”我说:“我们昆明不是建了纪念碑吗?”他说:“昆明这个不算。面对滇池,我们要把忠魂归国,要面对滇缅公路。”

旁白:1994年,林福来带着这个未了的心愿,遗憾地离开了人世。而“南侨机工”的后人们,为了实现父辈们的心愿一直在努力。2005年,正值抗日战争胜利60周年,南洋华侨机工回国抗日纪念碑终于落成了。她,面朝滇缅公路,静静地矗立在那里,迎接英雄魂归故里。从碑建成的那一天起,就有一位老人一直守在这里,他叫叶晓东,是南侨机工陈团圆的儿子。他寻找父亲整整三十年,就想看见父亲的模样。他说,守在这里,就像守在父亲身边。

张羽:让我们有请叶晓东先生。

叶晓东:主持人,你好。

张羽:您上来拿了一个镜框,而且这个镜框是一个空镜框,有什么特别的含义吗?

叶晓东:我父亲在我很小的时候就被日本人杀了,我每年祭奠父亲的时候,只能拿一个空相框去。我就是想找到他的照片,给他放在这个相框上,每年祭奠的时候,能够拿着他的照片去祭奠。

张羽:有线索吗?

叶晓东:我也到过马来西亚,也到过我父亲生活过的地方去找过。

张羽:据说一张照片里有你父亲的形象,是吗?

叶晓东:是,那一张相片里面有六个人,哪个是我的父亲,我也不知道。但是通过守碑这个特殊的方式,我离我父亲就更近了。

张羽:那么林先生,你今天在这里给南侨机工进行一封回信,您有什么特别的感触吗?

林晓昌：我的心情是很沉重的。笔握在手，乱箭穿心，手会抖，就是这么沉重的。有多少无名英雄在这个信里面啊！

张羽：民族责任是 80 年前 3190 名南侨机工离家回国的原因。那么 80 年后，当时的个人壮志已经成为国家记忆。在今天，他们每个人都值得接受我们的敬意。

◎南侨机工林福来的儿子林晓昌的回信

各位南侨机工先辈：

今天我代南侨机工的后人，写信请各位先辈回家。每年的清明，我们都会走到滇缅公路，跪在路边，双手埋在黄土里，去感受先辈留在这里的温度。我们会趴在路上，听一听透入地下的汽车轰鸣声。这是先辈们留给我们的记忆，永远都不能忘。

现在，就在畹町滇缅公路西南的边陲，修建了一座南洋华侨机工回国抗日纪念碑，我(们)把所有的收集到(的)先辈的名字都刻在了上面，有了家，先辈们的家人就都来了，很多人都拿着放大镜，一边找一边说："找了那么久，你们终于回来了。"

现在，越来越多的人到了纪念碑前了解这段历史，我们会给他们讲你们的青春、你们的理想，还有你们的遗憾。只要我们活着，我们会继续收集父辈们的资料，传播先辈的事迹，让这些记忆保留久些、更久一些。

今年是你们回国 80 个年头，清明节，我们数百名南侨机工的后人，在南侨机工回国抗日纪念馆为先辈们举行了公祭，我们的眼前又浮现出穿梭在悬崖边的车队。

80 年前，你们在滇缅用鲜血铸忠魂；80 年后，我们在这里让忠魂归故里。先辈们，回家吧！

你们的儿子　林晓昌

写于南侨机工回国抗战后的 80 年

第四章

爱情，这是一个常说常新的亘古话题，烽烟战火都不能掩盖其光芒。对许多革命者而言，爱情就是相信，你若许诺，我便等待，纵使万水千山；你赴国难，我守家中，即便生死相隔。

微信扫一扫，获取本章视频。

爱情

跨越时空的回信

潘　涛

潘涛

（1912.7—1940.3）

他们是一对革命伉俪，一个是名震湘鄂赣的女英雄，跃马扬枪、英勇善战，被称为“双枪春姐”。一个曾是毛泽东主席的学生，时任新四军游击大队大队长，书生意气、冲锋陷阵。革命烽火年代，潘涛与贾春英相识相爱，一同为民族救亡，抛头颅、洒热血。

1940 年 2 月 23 日，一直在湖北阳新县陶港镇潘彦村待产的贾春英，生下儿子潘兴嵩。初为人父，潘涛欣喜不已，可因为要率领部队转移，不能回家探望妻子和出生的孩子。此时，潘涛就率部驻扎在离家不到半小时路程的�山上，与亲人近在咫尺之遥，却过家门而不入，潘涛的内心充满了内疚。但他知道，此去前线抗日救亡，不容丝毫迟缓，所以只能给妻子写下一封嘱

出自画册《“双枪”春姐》：贾春英收到潘涛临别时写的家书

咐家信，没想到一别成永别，一纸家书，竟成了遗书。

“抗战胜利之日，就是我返家之时”，这是潘涛留给爱人贾春英的许诺。但遗憾的是，这个诺言再也没有实现的机会了。1940 年 3 月，就在这封信写完后没多久，潘涛率领游击队在咸宁嘉鱼金水河畔，与日寇激战五天五夜后牺牲，时年 28 岁。他不会想到，上次的错过竟成终身的遗憾，没能亲眼见到自己的孩子，没能守住自己的承诺。1945 年 8 月 15 日，日本帝国主义投降，抗战胜利。在庆祝胜利的喜悦氛围当中，再也等不到潘涛回家的贾春英，该如何向孩子讲起父亲？她又该如何守住这个家呢？

潘涛写给妻子贾春英的信（节选）

吾妻春英：

此次率队途经家乡，驻扎�山，与亲人咫尺之遥，本想下山到家探望汝和未满月儿子，然刚接上级电令，队伍连夜开拔转移，急赴抗日前线。倭寇践踏我国河山，苏区许多同志为国捐躯，其中不少是汝熟悉之同志，吾与队友化悲痛为力量，急赴前线杀敌。倭寇不除，国无宁日，谈何家全！尔现身在后方搜集情报，因妻曾是我党领军人物，无容嘱咐，吾安然与（于）心。抗战胜利之日，就是我返家之时。

潘涛　夜临别　匆匆于筠山

对话

张羽(采访人):您好。

潘平:主持人好,大家好,我是潘涛和贾春英的孙子潘平。

张羽:我听说你奶奶被叫作是“双枪春姐”?

潘平:对。

张羽:从这个称呼当中,我们可以听到非常豪气、江湖女侠的状态。

潘平:对。我奶奶用现在的话讲叫“女汉子”。其实她原来不是用双枪,原来就是一个右手打枪,后来因为右手负伤了,就改为左手打枪,左手打得差不多好的时候,她的右手也好了,然后就叫“双枪春姐”。那个时候她跟湖南的胡筠——一个非常高级别的女将领,非常了不起,号称叫“双芙蓉”。现在在湘赣苏区还有一首歌谣,当地老百姓会唱:“上打咚咚鼓,下打鼓咚咚,两边齐打起,迎接双芙蓉。”

张羽:家人有没有给你讲过爷爷的故事?

潘平:我爷爷很文弱,就是个书生,看上去很秀美,应该说他是投笔从戎,爷爷外号叫作“涛姐”。

张羽:一个文弱书生跟一个女汉子怎么会在战场上产生爱情了呢?

潘平：一方面，我奶奶我爷爷是一个镇里的人。另外，我爷爷身上有我奶奶所不具备的东西，满腹经纶、能写会画，字写得特别好。我奶奶就是一个字都不识，我奶奶就很羡慕我爷爷，我爷爷反过来羡慕我奶奶。我奶奶是马上功夫，马下功夫，能征善战，当时敌人悬赏多少大洋都抓不到她的，她的战术，比如伏击战、突击战、运动战打得非常好，所以当时我奶奶经常教我爷爷打枪，我爷爷反过来就教她练字识字，所以他们两个感情越走越近。他们定情的时候，我爷爷送她一个字帖，我奶奶送给他的是一个小手枪，一文一武，我奶奶相当于是武将，我爷爷相当于是文将。

张羽：两个人看似天差地别，但是由于共同的信仰，彼此钦慕对方的长处，在生死战斗当中，取得了这样的信任，最终走到了一起。那么由于特别

贾春英老年画像

残酷的环境，也许爱情并没有那么多浪漫，我想爷爷的牺牲一定对她打击很大吧？

潘平：对。

张羽：那你奶奶什么时候知道你爷爷牺牲了？

潘平：牺牲一个月之后，当时警务员就送信过来，说我爷爷牺牲了，牺牲得非常惨烈，激战五天五夜。当时在湖北嘉鱼这一带，鄂南抗日根据地，整个游击队全军覆没。日寇残忍地把我爷爷的头颅砍下来，就吊到树上，并且不让送尸体。你知道我奶奶是一名虎将，带着游击队去抢我爷爷的尸体，抢我爷爷的头颅，几次袭击日寇，给日本人造成很大的麻烦，这个时候日寇想到爷爷的这个头颅挂在那里，老是受到我奶奶的游击队袭击也不是个事儿，就用刺刀把我爷爷的尸身和头颅全部捅烂，丢到金水河的河边，让河水冲走。那个时候我们的游击队员，包括当地的老百姓，就沿着湖边找了几天几夜，也没找到任何我爷爷的遗体，这个是我奶奶终生的遗憾。当时我的太爷爷听到这个消息以后，非常伤心。听我奶奶讲，太爷爷每天清晨天没亮就哭，连续哭了三个月。

张羽：思念儿子。

潘平：唯一的儿子牺牲了，哭了三个月。我奶奶当时发觉这个事以后，就批评我的太爷爷，“那么多革命烈士都牺牲了，那么多革命战友都牺牲了，你儿子就不能牺牲吗？我都准备随时牺牲”，太爷爷以后就不再哭了。

张羽：这是一种革命者的情感，其实我想你奶奶她心里的悲痛不会亚于你的太爷爷是吧？

潘平：我奶奶是一种外刚内柔，其实每天半夜，我奶奶也会哭，也会思念。但是她不会当着家人哭，那样的话整个家庭会更伤心。

张羽：那么后来这些日子她是怎么度过的？我听说她一直没有再婚，是吗？

潘平：我奶奶28岁守寡，28岁我爷爷牺牲以后，就一直没有再婚，守护了我爷爷44年，一直到1984年去世。她说过一句话："你爷爷牺牲了，他的父母就是我的父母，他的孩子我必须抚养成人。我一生承诺——将红旗插遍全中国，为他的父母亲养老送终，将他的孩子抚养成人，终身不嫁。"

张羽：我听说在生活最困难的时刻，你奶奶还拒绝领国家的抚恤金，为什么？

潘平：1949年新中国成立后，我奶奶还任职了十年左右时间的职务，任阳新县第八区的妇委书记。后来20世纪60年代初，她就回了老家，辞掉所有的职务，并且不要任何待遇。一方面，她的伤痛特别多，她这个伤痛非常严重，满身都是枪伤。另一方面，她没读书，觉得不能胜任这个工作了。组织上经常派人来，准备给她一些待遇、安排一个什么职务、家庭给个关心等，我奶奶都拒绝了。她说，当年我们参加革命，组织上从来没跟我们说过，革命成功以后，给个什么待遇给你，给多少钱给你，我们当时不是为了这个的。入党宣誓的时候，我们参加革命的时候，就为了穷人有饭吃，大家平等自由。如果你们坚持给我一定的待遇，请问一下，我那么多战友牺牲，有的只有十六七岁，他们连姓名都没留下来，请问他们的待遇怎么解决，我现在活下来了，就是我最好的待遇，最大的幸福。

张羽：你爷爷就是为了这样的追求，为了这样的初心牺牲的革命先烈。今天，要以这样一个特殊的方式给他写一封信，有什么感受吗？

潘平：我奶奶对我爷爷爱情忠贞、对党忠诚、对家负责，我爷爷也可以告慰他的灵魂了。

◎潘涛与贾春英的孙子潘平的回信

敬爱的爷爷：

我是您的孙子潘平，我是听着奶奶说你们的革命故事长大的。我知道，没能留下一张合影，是二老最大的遗憾，趁着这次回信，我想做一张结婚画像送给二老，记下你们最幸福的时光，希望能弥补当年的遗憾。

画里，我会带您回到您没能回的家，回到您的家乡——湖北阳新。您当年在这里战斗，守护着奶奶，您也是在这里，留给奶奶最后一封信。您在信中说“倭寇不除，国无宁日，谈何家全”。我想，您离开阳新筠山的时候，一定是留到最后，一直是看着奶奶和家的方向。我从小跟着奶奶长大，知道奶奶是一个坚毅隐忍的人，但有一年清明，奶奶突然对着您的遗像说：“明明告诉

出自画册《“双枪”春姐》：潘涛和贾春英结婚

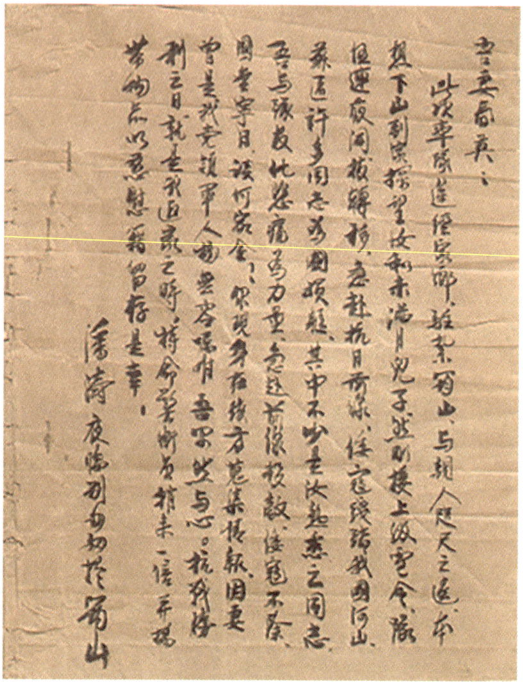

雪英爱妻：

此次率队远征经家乡，驻索筠山，与亲人咫尺之遥，本想下山到家探望你和未满月儿子，然刚接上级命令，队伍连夜开拔转移，奔赴抗日前线，保卫我国河山。最近许多同志为国牺牲，其中不少是汝熟悉之同志，吾与诸友化悲痛为力量，急赴前线报敌，保家不保国，无宁日，谈何家安？！我现身在后方[illegible]，因妻曾是我党领军人物，岂容惧怕，吾早当与心。抗战胜利之日就是我返家之时，将命[illegible]一信开场，苦函亦以慰思，希留存是幸。

潘涛 夜临别匆匆于筠山

潘涛写给妻子的信

我会回来，为什么只留下我一个人？家里人都说我心硬，就因为你不在了，我的心也没了。”说完就泪流不止。

犹记烽火驰骋处，却是爱情最好时。爷爷，您没有想到当年筠山一别，却成永诀，奶奶半生隐忍，痴情不改。爷爷，您献身民族解放，大义永存，如今山河重整，锦绣中华，待你返家。如果有来世，愿您与奶奶携手终老，不再留憾。

您的孙子　潘平

写于您牺牲后的 79 年

曹越华（右）和王德懿（左）

曹越华

（1918.9—2019.3）

1943年，中国远征军、中国驻印军反攻滇缅，急需大量懂外语的知识青年入伍。25岁的复旦大学学生曹越华精通英、法、俄三国语言。为赴国难，他加入中国驻印军，进入昆明炮兵学校，担任盟军授课军官的翻译。

1944年7月28日，曹越华突然接到上级命令，需立即出征，途中巧遇朋友，曹越华大声喊道："我先飞到印度去了，请转告德懿。"曹越华口中的"德懿"，就是他的一生挚爱——王德懿。王德懿出身巴渝望族，就读于上海交大。曹越华飞去印度之前，王德懿正在期待着他的求婚，没想到，王德懿等来的，是这句朋友捎来的告别。一纸调令，两人相隔万里，不知何时才能再见。

在炮声轰隆中，曹越华这个文弱的书生第一次闻到了死亡的气息，爱人间的沟通是他身处战地最大的慰藉。于是,1944 年 9 月 29 日,曹越华给日思夜念的德懿写了一封迟到的求婚信。从此,怀表、站台和这封情书,陪着王德懿度过每一个难熬的日子。但是,她理解爱人的不辞而别。1931 年九一八事变这天,恰好是曹越华 13 岁的生日。从此,走上战场抗日救国的决心就埋在了这个少年心里。1944 年,26 岁的曹越华在一次次目睹自己的老师和同学被日军残害后,放弃优越的家境,放下与爱人美满的生活,毅然投身国难,奔赴生死未知的前线。爱人在前线奋战,王德懿也在大后方积极参与抗日宣传和救亡运动。抗战中的爱情,没有花前月下,胜利的捷报就是最幸福的礼物。1945 年 8 月,直到日本无条件投降,王德懿才终于盼回了她日思夜想的越华。到了人生暮年,王德懿老人心里最完美的爱人还定格在那个奔赴前线的报国青年。而那封战地情书也感动了无数人。2013 年,在全球 2975 封信参与的"最浪漫情书"评选中,它被评为"战地最美情书"。烽火中的分别往往充满遗憾,正因为如此,曹越华和王德懿的战后重逢才显得弥足珍贵。历经生死,他们更加珍惜彼此相伴的每一个瞬间。

在血腥的战场上,曹越华抱着"壮士一去不复返"的信念,做好了牺牲的准备。此刻,对爱人的思念化作他战斗的力量。一座城堡、一生相守,温暖的誓言在冰冷的战壕里激荡起保家卫国的热血,畅想着和平浪漫的幸福。曹越华老人用一封最美战地情书书写了一段跨越几十年的爱情,它经历过战场上的残酷,也有和平时代的温馨和相濡以沫。他们不仅用一封最美的情书让世人感动,更重要的是,他们用自己的人生书写了最丰富和动人的爱情故事。

曹越华写给王德懿的求婚信（节选）

亲爱的德懿：

当您看到这封信的时候，我已参入在捍卫国家和民族第一线战士的队伍，匍匐在密支那阵地的战壕里了。这是我青春时代第一次以最庄严的生命名义，用『壮士一去不复返』的气概出征。此时，感到周身涌动的是滚滚烫的热血，满腔起伏的是沸腾的浩气，但也不免在心底泛起一波文弱书生的涟漪。我深陷『水牢』，又冷又饿又疲倦，煎熬着寒冷的雨水刺骨，颇有万箭穿心之感。如果说生命的本体还有意识，那就是一种强烈的『三感』：一是对您，远方恋人的思恋感；二是对父母养育的谢恩感；三是对生命死亡的恐惧感。它们强撑起我的精神，盼望着早来胜利的黎明。

在缅甸热带的丛林里，在异国雨季的行军中，在伤员浸血的绷带间，在尸首遍陈的战场内，似乎天天我都会梦见您的倩影。此时，千言万语汇聚在心窝就是一句话：『亲爱的，给我一个答复吧！您深情的目光辉映着我曾经苍白的青春，我将回报你最倾心的微笑和任何风浪都无法剥落的温柔。战争结束后，我将在黄土地上筑起一座小小的城堡，让我俩相依偎守着炉火，倾听那杜鹃鸟清啼的声音。咕咕～咕咕～咕咕～』

越华　一九四四年九月二十九日

对话

曹新初：我是曹越华的女儿，我叫曹新初，今年 68 岁。

张羽（采访人）：欢迎您，曹女士。刚才我想很多观众朋友会对王德懿能否收到这样一封情书还有一些担心，但是您的出现，我想大家对这个爱情故事有了一个美好的期许。

曹新初：我父亲离开中国到缅甸战场的第四个月，我母亲就收到了这封情书。当时她收到这封情书的时候非常激动。

张羽：这是那封情书的原件吗？（见下页）

曹新初：对，她一边看一边哭。因为我父亲走后我母亲不知道他生死如何，所以至少现在看到这封信，她心里一块石头落下去了，就觉得他是安全的。

张羽：那么两个人分开多长时间呢？

曹新初：分开了有一年左右吧。

张羽：那分开的这一年当中，您母亲是怎么度过的？

曹新初：我母亲非常艰难，当时昆明，日军的飞机天天狂轰滥炸，我母亲就住在那个土墙和茅草屋里边，40 多个学生住在一块，每天吃的饭都是那种

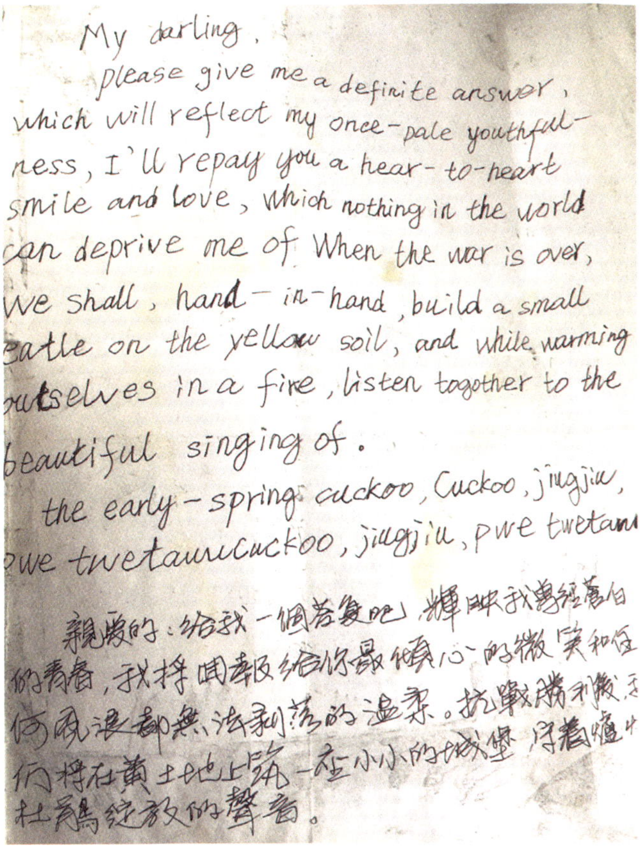
My darling,
please give me a definite answer, which will reflect my once-pale youthful-ness, I'll repay you a hear-to-heart smile and love, which nothing in the world can deprive me of When the war is over, we shall, hand-in-hand, build a small castle on the yellow soil, and while warming ourselves in a fire, listen together to the beautiful singing of.
the early-spring cuckoo, Cuckoo, jiugjiu, pwe twetau cuckoo, jiugjiu, pwe twetau

親愛的：給我一個答复吧，輝映我曾經蒼白的青春，我將回報給你最傾心的微笑和任何風浪都無法剝落的溫柔。抗戰勝利後，我們將在黃土地上築一座小小的城堡，守着爐火，聽杜鵑綻放的聲音。

战地情书

带沙的，连蔬菜或者豆腐都很难吃到。但是我母亲不在乎这些，她一心关注战场战况，战场上的阵亡情况，她非常担心。自从收到这封信以后，她每个月都会到火车的站台上去看有没有我父亲。我不知道大家是否看过有一个电影叫《魂断蓝桥》，情景真的跟那个有点一模一样，就是期盼着我父亲能够出现。她专门准备了一个怀表，寓意就是说，无论等他多久，她都一定要等到他，她一定要等到他回来。

曹越华和王德懿金婚纪念照

曹新初：那天我母亲认真地打扮了一下，穿着旗袍，穿着高跟鞋，头发盘上去，然后捧着鲜花在那等着我父亲，整个人是很漂亮的。父亲一下火车，就马上来到我母亲旁边，在她耳边悄悄地说了声："My darling，亲爱的我回来了。"当时我母亲非常激动。

（旁白）：1945 年 10 月 20 日，曹越华和王德懿在昆明订婚。曹越华兑现了自己在战壕里的承诺，为爱人筑起了一座幸福的城堡。历经 74 年风风雨雨，两位老人相守相伴直至百岁。历经生死，他们更加珍惜彼此相伴的每一个瞬间。

张羽：我们看这张照片是拍摄在医院的病床前。

曹新初：这张照片是这样的，当时我爸爸已经95岁了，妈妈96岁，我爸爸不幸摔了一跤，当时对他打击是很大的，因为我爸爸身体一直很好，85岁了还踢足球，摔了一跤以后，就不能动弹了，他就很担心，也不吃饭，也不好好地躺着，因此我妈妈非常担心。那个时候重庆酷热，每天的气温是40多度，从家里到医院的这个路程，从山上到山下要两个小时。我妈妈96岁了，这种情况下，她天天必须去，她一定要去照顾我爸爸，就这样坚持了两个月，我

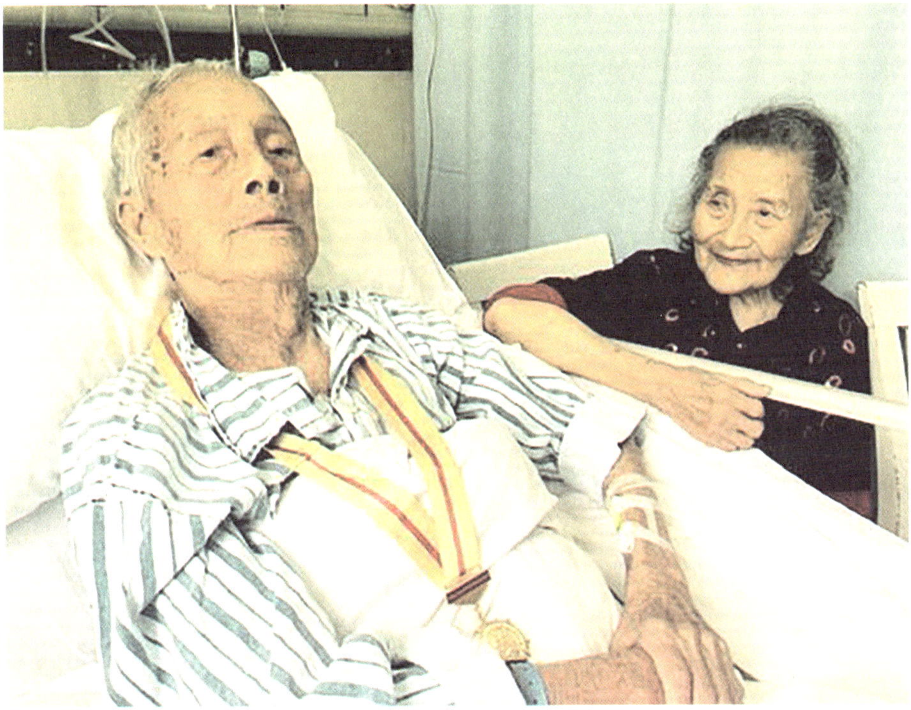

曹越华老人在医院

爸爸在我妈妈的精心照顾下真的站起来了，完全康复了，所以这次我觉得真的是爱情的力量。

张羽：现在两个老人的状况怎么样？

曹新初：我妈妈身体不如原来了，我爸爸就在我们做这期节目一个月以前，已经走了，已经离世了。

张羽：抱歉，曹女士，我想老人的离开一定对您的母亲影响非常大吧？

曹新初：在他要走的前一段时间，我妈妈就看到他很难过的样子，就示意我给她推到他病床前，她一下就把我爸爸的手握住了，握住就不放了。她什么也说不出来，没想到，这真的是我爸爸妈妈最后一次握手，以后再也没有机会握手了。我爸爸走的前一天，我们怕她受刺激，我们就把爸爸移到另外一个病房去。妈妈晚上看到爸爸的床是空的，就使劲在那呼唤："越华，越华，越华！"就一声比一声高的叫越华，叫得我们撕心裂肺的。当时整个病房都能听见她叫越华的声音。真的没想到，她再怎么叫，再也没有叫回她最爱最爱的爱人曹越华。第二天，我爸爸凌晨四点多钟就离开了人世，我妈妈也就没有看到我爸爸的最后这一面了。他们的爱情，超越了生命，超越了病痛，超越了一切。

◎王德懿的回信

亲爱的越华：

今天是你离开我的第54天，我很想你。在你离开前的那天晚上，我躺在床上喊了一整晚你的名字，却没有回应。我猜，你可能先走了，可我还有好多话想跟你说。

75年前，你远赴国难，不辞而别，许多人都劝我放弃，说战场残酷，生死难料，但我知道，只有守住大家，才能守住我们的幸福，我们的小家，你不会负我。经过战火的淬炼和考验，感谢上天把一个完整的你还给了我，你们赢得了胜利，而我，赢得了一生的最爱。你给我戴上戒指的那一刻，我觉得我是世界上最幸福的女人。越华，在时间的流淌中，你和我一点一点地变老，你曾说过：理想不变，爱情不老。

在咱俩一百岁的时候，你还告诉我，会再爱我一百年，这次你为什么说话不算数，把我一个人扔下，再一次不辞而别了呢！如今，看着你最珍惜的纪念章，我又想起了和你的第一次见面。那年你25岁，我26岁，是你的报国热血拨动了我的心弦。此时，我多么想再和你跳一支舞，感受初见时的怦然心动，而当我习惯性地想去抚摸你的手，指尖碰到的只有那封泛黄的情书，流淌着温柔的文字。

越华，75年前，为了救国救亡的理想，你在万里之外的战场，给我写信，让我等你；75年后，我写信给天堂里的你，希望你和我一样信守承诺，下辈子再爱我一百年！

爱你的　德懿

写于你离开后的54天

第五章

革命者立誓，为国为民，为理想抱负。誓言，是立场选择，无论出生，不改心志；誓言，是阵前亮剑，虽敌众我寡，愿战至最后一人。

微信扫一扫，获取本章视频。

誓言

跨越时空的回信

1936 年林正亨在南京留影

林正亨

（1915.8—1950.1）

“三代民族英雄，百年台湾世家。”这是外界对台湾雾峰林家的评价，林正亨则是这一家族第八代传人。1937 年七七事变爆发，面对民族危亡，原本志在学习美术的林正亨毅然投笔从戎，考入南京中央陆军军官学校。为了抗日救国，1944 年，林正亨加入远征军赴缅抗日。在作战中，他身负重伤、双手残疾、仍犹未悔，因为“国比家大，有国才有家”是他铭记于心的家训。

雾峰林家是中国台湾第一大家族，林正亨的父亲林祖密，是台湾日据时代，第一个恢复中国国籍的台湾人；林正亨的祖父林朝栋，是清朝台湾的著名将领；曾祖父林文察是清朝一品官，他们都因抗击法国侵略军，而立下战功。雾峰林家，满门忠烈，家族的爱国情怀沿着血脉，延续到了林正亨身上。

1944 年林正亨赴缅抗日前全家合影

1945 年 10 月，正在云南疗养的林正亨听闻了一连串的好消息，先是抗战胜利，接着是台湾光复，台湾从日本人手中重回中国怀抱。兴奋不已的林正亨在 10 月 30 日，提笔给母亲写下了一封家信。

“国家能获得胜利强盛，故乡同胞能获得光明和自由，我个人粉身碎骨也值得。”信中这段话，既是林正亨担心母亲因为自己残疾而伤心的安慰之词，更是继续为国为民奋斗的誓言表态。1946 年，林正亨秘密加入中国共产党，回到台湾，开启新的救国之路。1950 年 1 月 30 日，年仅 35 岁的林正亨，成为在台北马场町刑场就义的第一位台籍中共党员。林正亨的一生堪称传奇，那么他是如何成为信中所说的“林家第一勇敢和光荣的人物”？又如何成为中共党员，为誓言奋斗终生的呢？

林正亨写给母亲的信（节选）

亲爱的母亲：

记起自南京别后已是九个年头。我们时时在想念你，也曾流了不少思亲的眼泪，我们想象你老人家也一定为你烽火中的儿女焦愁，你那油黑的双鬓也随着时光变为苍霜。现在战争是胜利了，故乡也已经收复，你要为你作战九年的儿女光荣而骄傲。我在枪林弹雨中蒙你老人家一生善良的福泽，在百死中，庆获生返。我感谢你福荫。在这神圣的战争中，我可算尽了责任。台湾的收复，父亲生平的遗志可算达到了，要是有知，一定大笑于九泉。我的残废不算什么，国家能获得胜利强盛，故乡同胞能获得光明和自由，我个人粉身碎骨也值得。请母亲不要为我残废而悲伤，应该为家族的光荣来欢笑，你并没为林家白白地教养了我，我现在成了林家第一勇敢和光荣的人物。

“对话

林为民：我叫林为民，今年 77 岁，我的父亲是台湾的革命烈士林正亨。父亲牺牲后，党组织把我们接到了北京。

张羽（采访人）：林先生，您父亲在信中说：“在这神圣的战争当中，我可算尽了责任。”您怎么理解，他所说的这个责任呢？

林为民：他的责任，就是抗日救国，保护我们的国家。1944 年，他加入了中国远征军赴缅甸抗日。到了缅甸，他带着一个连的士兵，潜入敌后，敌人的炮火包围了他们，整整打了一天一夜，子弹打没了，手榴弹也没有了，他们拎起步枪跟敌人拼命。他一个人和八个日本鬼子拼刺刀，刺倒了几个敌人之后，敌人的马刀砍伤了他的脸，把他的两个手腕骨头都砍出来了。刺刀捅在背后，子弹打在胸前，他扑倒在地。后续部队赶上来了以后，把敌人打垮了。他一个同学就在死尸堆里翻，最后翻到了他，还有一口气，就把他背到后方医院，做了两次大手术，整整住了 4 个月的医院。

张羽：那么胜利归来之后，他怎么又加入了共产党呢？

林为民：他回来以后，看到了国民党的腐朽。他说我们在前方杀敌，后方这些官僚贵族们，过着花天酒地的生活。看到工人们的生活那么困苦，他心里非常难过。后来他见到了他的妹妹,他妹妹叫林双盼,已经参加了革命了,就给他讲了平型关大捷、百团大战等八路军抗日的这些事迹。他(林正亨)感觉到了,他说中国将来,一定不会是国民党的天下,一定是共产党的天下,他那时候就要求加入中国共产党。

张羽:他确切是什么时候加入中国共产党的呢?

林为民:他是 1946 年参加党的秘密工作。他带着二十多位滞留在重庆的青年工人,回台湾参加地下工作。1949 年 8 月 18 日,父亲在台湾做地下工作,因为叛徒的出卖,他被捕了。雾峰林家的族人,请了 12 位社会名流,写了一封报备书(求情信),就希望蒋介石能够放了我父亲。蒋介石让陈诚去审他,说如果他悔过的话,可以放了他。但是我父亲说:“我无过可悔,应该悔的是你们,你们到台湾来乱抓人乱杀人,难道你们不应该悔过吗!”就为这件事,蒋介石在我父亲的判决书上,打了红钩。1949 年 12 月,他被判处死刑以后,他在监狱里的地板上写下了这首诗:

乘桴泛海临台湾,不为黄金不为名。
只觉同胞遭苦难,敢将赤手挽狂澜。
半生奔逐劳心力,千里河山不尽看。
吾志未酬身被困,满腹余恨夜阑珊。

张羽:从这首诗我们可以强烈地感受到林正亨烈士壮怀激烈的家国情怀和红色追求,但同时也可以深深看到他壮志未酬的遗憾,父亲诀别之前有没有跟您母亲有什么交流呢?

林为民:我父亲是 1950 年的 1 月 30 日被枪决的。我父亲从监狱里被五花大绑,他一出监狱就高喊:“中国共产党万岁!祖国万岁!人民万岁!”

狱友们就唱《国际歌》。我们家住在泉州街四巷，要经过泉州街的时候，他突然间站起来就喊我妈妈的名字："保珠！保珠！你快出来，我要上刑场了！"他还没有讲完，枪托就打在他的头上，满脸是血。我妈妈在家里面给他做牢饭，她知道我父亲喜欢吃鱼丸子，正在给他做鱼丸子呢，没有听到我父亲的喊声。但是邻居听到了，所以我妈妈光着脚就往街上跑。还没到刑场，四声枪响已经响了，我父亲扑倒在地，我母亲趴在我父亲的身上。她说："我当时都没有眼泪，我就喊他着他的名字，正亨！正亨！但是一点生还的迹象都没有了。"

张羽：在生死危险之中，你父亲最后坚守了自己的誓言，坚持了自己的追求。

林为民：他被判处死刑以后，请我妈妈把他在监狱里面判刑以后剪的纸花，带给了我们。这些纸花，是他在监狱里面一点一点地刻出来的，虽然现在看已经很简单了，但是那个时候，我看了非常感动。我父亲是一个很认真、很严厉的人，过去对孩子的教育抓得很紧。可是我看到这些纸花以后，我才想到，他多疼爱我们啊！在监狱里那么困难的情况下，还给我们剪了这么多纸花。可以说他把对孩子的爱，都刻在了这些纸花上。

◎林正亨的儿子林为民的回信

父亲：

1950 年，您带着国家未能统一的遗憾牺牲了。在您牺牲的时候，我和大妹妹已经被接到了北京。而当时留在台湾的母亲，也没能见到您最后一面。我们一家人失去了最后团圆的机会。后来，母亲一直很自责，她每次都会流着泪说，为什么偏偏就在那个时候，我去做牢饭，哪怕什么都不做，也能听到您在叫她。我们知道，母亲最难过的，是在您最后时刻一直在叫她，她却没有出现在您的面前。我也在想，这是怎么样的一种痛啊！

林正亨赴前线之前和妹妹林双盼合影

后来，母亲准备来北京与我们团聚，她没能带出小妹，家被分成了两地。当时，小妹刚出生，但是母亲没有奶水，怕带着小青（小妹）走，一旦被国民党特务抓住，关进牢房，那妹妹就活不下去了。所以他把妹妹托付给了三姑喂养。来到北京后，她每天都在打探着解放台湾的消息，希望早点把小妹接回家。可没想到，我们再一次见到小妹时，已经是三十年后了。那一天，母亲和小妹哭成了泪人，妈妈紧紧地抱着小妹，说："对不起孩子，让你受苦了！对不起孩子，原谅妈妈吧！"小妹也哭得说不出话来，只是大声地叫着："妈妈！妈妈！"小妹说，这一声妈妈等得太久太久了。和妹妹重聚后，只见过四次面，母亲就病重住院了。母亲临走时跟我说："咱们一家人什么时候才能真正团圆啊！"

父亲，当年，您带着（祖）国未能统一的遗憾牺牲，后来，母亲又带着家未能团圆的遗憾离世。父亲，我想告诉您，如今国泰民安，国家统一是两岸共同的心声，这一天很快就会到来的！您安心、安息吧！

您的儿子　林为民

写于您牺牲后的69年

新四军三师七旅命名十九团四连为“刘老庄连”

刘老庄连

（1943 年 3 月至今）

2015 年 9 月 3 日，在中国人民抗日战争暨世界反法西斯战争胜利 70 周年阅兵式上，“刘老庄连”英模部队方阵备受关注。当他们跟随着旗帜，迈着整齐的步伐走过长安街，那面鲜红的旗帜，让人们不禁回想起当年那场悲壮的战斗。

82 名战士，抵抗 20 倍于己的日、伪军 5 次疯狂进攻，毙敌 170 多人，伤敌 200 余人。对“刘老庄连”来说，这串数字不仅凝结了视死如归的精神，更是对爱国誓言最壮烈的诠释。四连的英雄壮举，深深感动了人民群众，他们视 82 位烈士为 82 位民族英雄，为他们举行了公葬。当地的人民群众，自愿地把自己家中的孩子送去当兵，所以新四军三师七旅仅仅用了 3 天的时间，

八十二烈士纪念碑

就组建了新四连，并命名为“刘老庄连”。

1943年3月18日，奉命驻守淮阴刘老庄的新四军第三师第七旅，第十九团第二营第四连的82名战士，遭遇到1000余名日军和60余名伪军的进攻。为了不让百姓直面鬼子的屠刀，四连战士化誓言为利刃，置生死于不顾。他们子弹上膛，刺刀上枪，与疯狂进攻的鬼子浴血厮杀，毫无畏惧。因为敌我力量相差非常悬殊，从兵力上看，日军足足是我们的20余倍；从武器上看，我们用的步枪只有汉阳造，重武器只有一挺重击枪，当时日军光火炮就有上百门。应该说从这种情况下看，战斗毫无胜算，可是四连面对强敌没有畏惧，他们足足战斗了 12 个小时，击退了敌人 5 次冲锋。子弹打光了，就用刺刀捅；刺刀捅断了，就用枪托砸；枪托砸坏了，就用小锹砍；小锹砍坏了，就用牙齿咬，直到全部壮烈牺牲。

我们至今仿佛还能听到，刘老庄战场上传来的呐喊声。他们当中大部分人甚至连姓名都没有留下，留下的是一段刻骨铭心的战斗记忆，还有一名烈士李云鹏留给家人的书信。

李云鹏在信中说："待风息波静，凯然而归，全家团聚，以报此恩。"然而，全连 82 名战士，已再无与家人团聚报恩的机会。在这次战斗中，四连以全连战斗牺牲的代价，击毙日、伪军 170 余人，伤敌 200 余人，成功延缓日、伪攻势 12 小时，为我党政机关、人民群众和主力部队的安全转移，争取了时间。战后，朱德总司令评价此役为"我军指战员的英雄主义的最高表现"。但四连并没有因此而消失，仅仅三天之后，就在 82 名烈士牺牲的地方，四连又重新组建，它还有了一个全新的名字——"刘老庄连"。当代刘老庄连官兵，从未忘记连队的铮铮誓言。截至今天，加入刘老庄连的官兵共计 6401 人，其中 1718 人在执行任务的过程中，为国牺牲。在刘老庄连连史馆里，珍藏了 1331 份请战书和军令状，它们凸显着一代代刘老庄官兵，对 82 烈士精神的血脉传承。

李云鹏写给父母的信（节选）

父母亲大人：

自儿离家已经年余，记得曾在本年四月间，于泗县郑集寄家信一封，不知大人收到否？我已离开此地转入本省淮阴了，以致家音不能等收，儿异常为念。不知大人身体近来健康否？不知家中生活情形和收成怎样？更不知当地情形如何？儿在外甚为惦念之。儿在外身体很好，生活也很好，而现在的我比从前粗壮而高大了，请大人不要为念。此信致家不过慰问而已。儿现在心中最为挂念者，以我年老慈悲之祖母。儿离家时，祖母曾染重疾，不知大人的病痊愈了否？未报此恩反而离家，是我之罪过也。待风息波静，凯然而归，全家团聚，以报此恩。

儿 云鹏 上 一九四三年七月四日

对话

张羽(采访人):您从什么时候开始读这封信并知道自己哥哥的故事的呢?

李爱云(李云鹏的妹妹):我从刚一懂事的时候起,我父母亲就跟我讲大哥的事情,我就知道有一个英雄哥哥,在远方刘老庄。

张羽:这是促成您去刘老庄守候烈士陵园并去传播他们故事的原因吗?

李爱云:这是其中一部分原因,另外还有一个最主要的原因,那就是1967年的3月18日,我第一次去烈士陵园,我就看到了成千上万的淮阴人民,像流水一样涌向了烈士陵园,来祭扫烈士墓。

张羽:您发现人民并没有忘记这些英雄,他们也在纪念他们,打动了您,也促进了您的选择。

李爱云:对。他们和我大哥肯定素不相识,他们都能这样,我作为烈士的亲妹妹,我都没有做到这一点,我感到很后悔。当时我就暗暗地下决心,我将来一定要到哥哥牺牲的地方来。

张羽:但这一留就是50年的时间。

李爱云:是的。

李爱云（第一排左二）第一次参加刘老庄八十二烈士纪念活动

张羽：中间有没有机会离开呢？

李爱云：有两次机会，我都放弃了。因为我看到82名烈士，真正留下姓名的才17个人，还有65名没有姓名，他们是无名烈士，他们也有父母，也有兄弟姐妹。可是，不知道他们牺牲在哪里、上哪儿去找，我很希望能为他们找到。我能守护着他们，我能把他们的故事传承下去，把他们那种爱国的精神发扬光大，这是我的责任，义不容辞的责任，所以我不能离开他们。

张羽：那么当时82名烈士当中，有很多人不知道姓名，后来寻找到他们的身份了吗？

李爱云：在2011年的时候，为了烈士不再无名，淮安市委市政府专门派党史办在全国进行调查，最后又找回了9名，目前还有56名没有找到。

张羽：还有56名无名英雄。

李爱云：无名烈士，我希望能把他们每个人都找到。

张羽：这真是一份深情的守候，从阿姨最初去纪念自己的哥哥，到守候82位烈士，到最后传承他们的精神，50年的付出，阿姨，感谢您！谢谢！杨指导员，刘老庄连当时的英雄事迹，已经过去了几十年，那么今天已经进入了和平年代，那么对于你们连队的新兵，他们如何去继承这样的传统、感知这样的精神呢？

杨晋（刘老庄连现任政治指导员）：刘老庄连是一支具有光荣传统和卓越战功的英雄连队，在这样的连队里，我们对战士要求是非常严格的，我们也挺特别注重，用连队的优良传统来铸魂育人。每年3月18日82烈士殉难日的时候，我们要评选一批新时期82勇士，让生命不息战斗不止的刘老庄精神，能够薪火传承。

杨川辉（刘老庄连战士）：从1938年连队成立以来，到今天已经有82年的历史，在这82年中，1718名革命先辈付出了自己的生命，每一个数字的变

“刘老庄连”全体官兵向党旗宣誓

化，都是用鲜血和誓言来书写的。这对我来说是历史，更是责任，也是荣誉，我要将这份荣誉传承下去。面对任务，我可以不惧困难，不怕挑战，不惧强敌，不怕牺牲。但是，有时候我也怕，一是怕别人说自己没有血性，二是怕别人说自己不像刘老庄连的兵。所以，作为刘老庄连的战士，我必须铭记连队历史，捍卫连队的荣誉。

◎刘老庄连第32任政治指导员杨晋的回信

刘老庄连的先烈们：

“生命不息，战斗不止。”刘老庄连第32任政治指导员——杨晋代表连队，前来报告。

76年前，你们巍然倒下，在你们长眠的地方，周围百姓种了八十二棵松柏树，寄托着对你们的感激与思念。你们战斗的地方，刘老庄也永远烙印在了四连的连旗上，从此，我们有了一个光荣的名字——刘老庄连。

连队“重建”76年，1718名官兵为国牺牲。先辈们用青春和鲜血书写的荣誉，我们誓死捍卫。98抗洪，用身体筑堤坝，全连昼夜坚守28天；汶川强震，我们与死神赛跑，20小时急行军突进映秀重灾区，率先进入震后救援。只要党和人民需要，我们一直都在。

先烈们，我们向你们报告，我们已经告别了装备落后、弹药不足的时代。我们的连队配备了新式的作战装备，我们的官兵素质

烈士名单

姓　名	籍　贯	出生年月	入伍时间	牺牲时职务
白思才	陕　西			连　长
石学富	江苏沛县			副连长
李云鹏	江苏沛县	1920年	1936年	指导员
孙尊明	江苏沛县	1923年	1938年	文化教员
尉庆忠				排　长
蒋元连				排　长
刘登甫				排　长
高立凡	江苏灌云	1923年	1941年	排　长
王世祥				排　长
李道合				排　长
马汉良				排　长
胡志法	江苏泗阳	1915年	1941年	事务长
袁培臣	江苏沛县	1916年	1934年	机枪班长
宋迎春	江苏泗阳	1915年	1940年	机枪班长
刘忠胜				班　长
王洪运				班　长
嵇志田	江苏灌南	1923年	1939年	班　长
王中良				班　长
高立元	江苏灌云	1922年	1939年	班　长
罗　桥	安徽五河			文　书
杨林标				卫生员
王步珠	江苏淮阴	1920年	1941年	战　士
田执信				战　士
靳宪珠	江苏沛县	1919年	1938年	战　士
蒯德山	河南永成	1921年	1939年	战　士
刘守业	江苏淮阴	1911年	1938年	战　士
翁兆法	江苏泗阳	1922年	1941年	战　士
张立伦	江苏泗阳	1925年	1942年	战　士
任国监	江苏泗阳	1917年	1942年	战　士
赵德胜	山东峄县			战　士
杨宝和				战　士
王玉立				战　士
翁立法				战　士
朱永福	江苏沭阳	（亲属记忆）		战　士
袁绍洁	（原十九团老战士黄斗回忆文章）			
顾兴旺	（离休干部顾平回忆文章，芦蒲纪念碑有“顾兴卫”）			
谢振友	皖东北（周轩进回忆文章《白[illegible] 风雨情》）			
王德云	（郑州老干部张兴久回忆，安徽萧县有王姓兄弟，在			
王德胜	刘老庄战斗中牺牲；芦蒲纪念碑有二人名字。）			

八十二烈士部分人员名单

过硬，战斗力大大提升，我们已经是强大人民军队中的优秀一员。

今天在先烈面前，我再次宣誓：

我是刘老庄连第6370名战士，我有勇气扛起这面连旗，我有勇气成为第1719名烈士。在我们面前，没有击退不了的敌人，没有啃不下的骨头，没有完不成的任务。我随时准备为党、为祖国、为人民牺牲一切。“生命不息战斗不止”，有我在，连旗不倒！

此致

敬礼！

刘老庄连全体官兵

写于你们牺牲后的76年

第六章

赴死战场家中盼归，而书信成为先烈与家人唯一的联系，最怕书信已至人未归，而更怕书信无寄处，今天就让我们通过两封书信，一起感受未归的豪情和遗憾。

微信扫一扫，获取本章视频。

来归

跨越时空的回信

刘中新画像

刘中新

（? —?）

一位战士，年少离家、辗转多地，而家里亲人只能靠往来的书信，知其踪迹变化。但突然有一天，家里再也没有他的音信，究竟发生了什么，让亲人牵挂，成了失踪谜团？

刘中新，他来自江西省吉安市东固乡，当年只有17岁。受革命思想影响，吉安市东固乡2800多名青年就有2400多人参加红军，支援红军前线作战，而刘中新就在其中。

1934年，中央主力红军为了摆脱国民党军队的包围追击，保存革命力量，开始长征。为了支援红军，老区人民全民皆兵，八子参军、父送子、妻送郎、父子一同上战场，这样的感人场面，在苏区的每个乡村都能见到。中央红军在长征出发时的8.7万人中，仅赣南苏区的红军人数就达到五六万人，占到当时红军总人数的一半以上。寸寸红土地，颗颗热血心。热血青年们，从此身赴战场，抗击敌人。出发之后，他们中的许多人渐渐与家中失去联络，归期未卜，家人们期待离家的战士，能够早日归来。

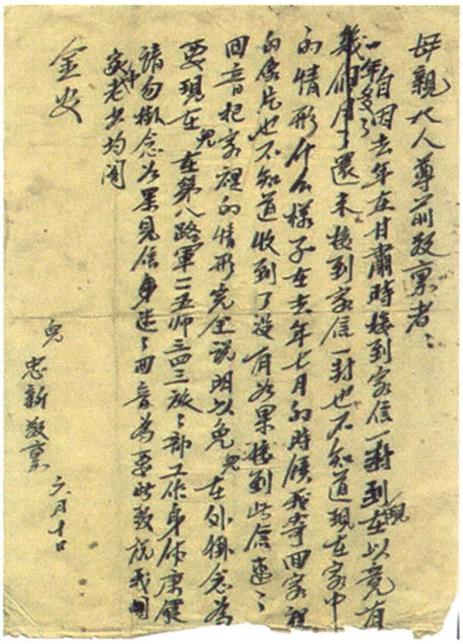
母親大人尊前敬禀者：
一年多了，自因去年在甘肃時接到家信一封，到現以竟有
幾個月了還未接到家信一封，也不知道現在家中
的情形什么樣子，在去年七月的時候我寄回家裡
的像片也不知道收到了沒有，如果接到此信速速
回音，把家裡的情形完全説明，以免兒在外掛念為
要。現在兒在第八路軍一一五師三四三旅部工作，身体康健，
請勿掛念，如果見信，身速速回音為要，此致，祝我們
家中老少均閤
金安
兒 忠新 敬禀
六月十日

刘中新的信

刘中新离家80多年，至今未归，和所有离家投身革命的先烈一样，刘中新从未停止过对家乡和亲人的思念，从参军起，刘中新就经常给家里写信。战争年代，刘中新的信就是家人最期待的好消息，因为有信，挂念就有了回音。刘中新从1930年左右离家之后，陆续给家中寄去了几十封信，直到1949年前后，他都还在给家里写信，只不过这一次是他最后的消息。那么刘中新到底身在何处呢？

据不完全统计，约有2000万名烈士，为民族独立、国家富强、人民幸福英勇牺牲。目前，全国有名可考，并收入各级《烈士英名录》的仅有193万人，不到牺牲烈士的十分之一。千万英烈、天地为墓，几十年的等待，这些烈士依然杳无音讯，他们的亲人依然还在盼着他们回家，我们的心里也一直没有忘记这些“未归”的英雄，一直思念着、牵挂着这些“未归”的烈士。如今山河已无恙，烈士可归家。

刘中新写给母亲的信（节选）

母亲大人：

始终未有接到家信一封，也不知道，儿写给家信收到了没？想念的，现在也不知我弟昌柗还在家里没有？儿在外挂念，所以我不断梦见我妈妈和我的弟弟。在前天的夜里，正在睡安稳觉的时候，忽然梦见了我的妈妈，妈妈已经老得不像了！我就大喊起来，忽然喊了一声，同我在一块儿睡的同志听着了，他就叫醒我，问我喊什么？我当时也说不出，仔细一想，原来是作了一个梦！到上午吃罢午饭的时候，我正在房子里卧着看书，忽然有一位同志说道：『送信的来了！』我听到了就连忙跑到外边去看，我见有好多的家信，我看了半天都是别人的，原来没有我的一封。人家接到了家信，把家里的情形都知道了，可是我的家里，也不知什么样子，也不知我母亲和我弟弟身体如何？希望你接到了此信，速速回知、为盼！

此致 敬请 大安。

儿中新鞠躬 一九三八年七月十七日

对话

刘发熙：大家好，我叫刘发熙，刘中新就是我的大伯，信中所说的他的弟弟就是我的父亲刘昌柏。

张羽（采访人）：您大伯失去消息70多年，你们一直在寻找他，有线索吗？

刘发熙：线索很少很少，我们的线索就是我大伯的这几封信上都有他在部队的番号——八路军一一五师三四三旅。在解放战争前夕，还给我们家里写了一封信，听我父亲说过，他在信中还提到过淮海战争，从此就杳无音讯了。

张羽：为什么72年，一直坚持不懈地在找他呢？

刘发熙：因为我们有一个信念，当时我奶奶过世的时候，就跟我父亲说，他是你们的兄弟，是亲人，一定要找到。我奶奶思念他，当时两个眼睛也哭坏了。在一封信上，我大伯还写了给奶奶寄个眼药水，遗憾的是在我奶奶去世前，一直没有收到他的眼药水。我爸爸和妈妈也找了大半辈子，那个时候条件也非常艰苦，一直也没有着落，后来我爸妈过世的时候，是带着遗憾过世的，嘱托我们兄弟姐妹，要不惜任何代价，想尽一切办法，一定要找到他！

哪怕找到一块墓碑,也要把他带回家。

张羽:对刘中新的寻找,到2006年出现了一个转机,因为有新的人,加入到了寻找的队伍当中,那么下面让我们用掌声有请嘉宾丁会长,有请,欢迎您。

丁仁祥:大家好,我叫丁仁祥,是东固革命根据地研究会的会长。

张羽:就您分析,刘中新失去消息是因为什么原因呢?

丁仁祥:是战争和交通的问题,江西和西北地区相隔两三千里,但是在战争年代,部队驻地是流动的,你今天写的信,家里按照这个地址去回信,他可能得不到。

张羽:您是一位专业研究者,拥有丰富的知识和资源,那么您的加入有没有发现什么有价值的线索呢?

丁仁祥:有几条有价值的线索,最重要的就是刘中新在信中提到他两个重要的岗位,一个是八路军一一五师三四三旅副官处,一个是八路军一一五师政治部工作处。

张羽:为什么一定要找到他,意义是什么呢?

丁仁祥:在我们东固地区,当年参加红军的有将近数十万人,那么其中牺牲的革命烈士达到49000多人,新中国成立以后有音信的不到1000人,那么更多的人是无音信、无下落,对亲人的思念就成了亲人的一种惆怅和寄托。

张羽:今天我们现场就请来了烈士寻亲公益行动的志愿者杨洋,欢迎你。

杨洋:大家好,我是帮助烈士寻亲的志愿者,我叫杨洋。

张羽:欢迎你杨洋,请坐。你们怎么帮助他们(烈士)寻亲,你又怎么帮助刘中新的家人呢?

杨洋:我们的公益平台主要是依靠互联网的新技术和新方法,依托海量

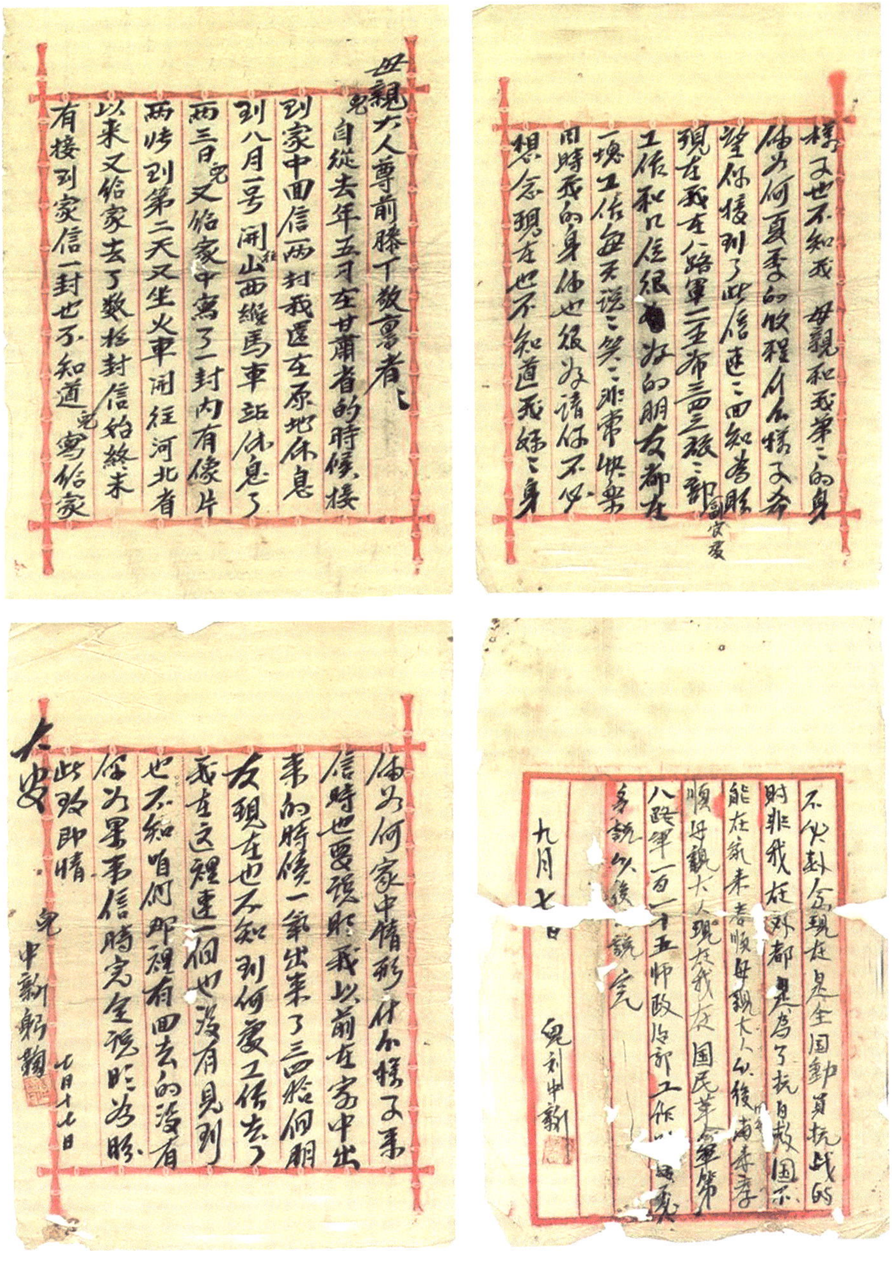
母親大人尊前膝下敬稟者
兒自從去年五月在甘肅省的時候接
到家中回信兩封我還在原地休息
到八月一号開在山西綏馬車站休息了
兩三日兒又給家中寫了一封內有像片
兩張到第二天又坐火車開往河北省
以來又給家去了數拾封信始終未
有接到家信一封也不知道兒寫給家
樣子也不知我 母親和我弟弟的身
体如何夏季的收程什么樣子希
望你接到了此信速速回知為盼
現在我在八路軍一五师三四三旅三部副官處
工作和几位很要好的朋友都在
一塊工作每天說說笑笑非常快樂
同時我的身体也很好請你不必
想念現在也不知道我妹妹身
体如何家中情形什么樣子再
信時也要說明我以前在家中出
來的時候一塊出來了三四拾個朋
友現在也不知到何處工作去了
我在這裡連一個也沒有見到
也不知咱們那裡有回去的沒有
你的來信時完全說明為盼
此致即請
大安
兒中新躬鞠
七月十七日

不必掛念現在是全国動員抗戰的
時非我在外都是為了抗日救国不
能在家來孝順母親大人以後
順母親大人現在我在国民革命軍第
八路軍一百一十五师政治部工作 母親
多說以後再說完
九月七日
兒刘中新

刘中新手迹

的几亿的用户群体。我想跟刘大哥说，现在时代不同了，所以我们一定会发动全国所有的志愿者，一起努力寻找刘中新的下落，尽量带他尽快地回家。

张羽：那么今天作为烈士寻亲的志愿者，你将用这样一个跨越时空的特殊方式，给这些失去音信的烈士发出一封信，有什么感受呢？

杨洋：我想对刘中新，包括他所有的在战争年代付出生命和付出青春的战友们说一声，谢谢！因为他们在家与国之间选择了为国牺牲，他们在青春和战斗当中选择了为国奉献，我们希望通过自己的努力能够让这些断了线的思念，找到一个圆满的落点！

◎烈士寻亲公益行动的志愿者杨洋的回信

尊敬的老兵刘中新：

今天受您的后人委托，我代表所有的志愿者，正式对外发布您的信息。无论您身在何处，我们会尽我们所能，让您和家人团聚，带您回家。您经历过红军长征、抗日战争，只要有一丝的线索，我们就不会放弃。

刘中新老兵，您在信中说："常在梦中思念母亲，却没能再回来看她一眼。"家里收到您的最后一封信是在1949年前后，此后再无信息。家里人说："母亲走的时候一直在念叨，中新回来了吗，中新回来了吗？"她是带着遗憾走的，家里人一定要找到您！我们见证过太多相逢的感动，2018年10月，我们与淮海战役纪念馆合作，找到了山西武乡籍烈士关二如的妹妹——关淑琴老人，此时她已经90岁了，当我们将烈士安葬在双堆集烈士陵园的消息告诉关淑琴老人时，她激动得一夜无眠！这是她第一次知道哥哥的名字，镌刻在淮海战役纪念塔的英名墙上，她眼里含着泪水激动地对孩子们说："70年啊找到了，终于找到了！"

刘中新的弟弟及弟媳

我们还与退役军人事务部一起，为在韩中国志愿军烈士寻找亲人。周少武烈士的侄孙，受邀参加了第六批在韩中国志愿军烈士遗骸归国和安葬仪式。当看到抗美援朝的烈士棺椁披盖着国旗，伴着军乐队的安魂曲，缓缓葬入地宫，他怀抱着珍藏的烈士证明书失声痛哭，他说："感谢国家没有忘记他们做出的牺牲。"我们希望我们的寻找，也能带给您和家人的重逢。刘中新老兵，你们在家与国之间，选择了为国牺牲，你们在青春与战斗中，选择了为国奉献。山河已无恙，英雄可归家，我们也会继续努力，帮助更多烈士魂归故里，让断了线的思念，找到圆满的落点。

此致

敬礼！

崇敬您的公益寻人志愿者

写于新中国成立后的70年

陈怀民

陈怀民

（1916.12—1938.4）

1938年4月28日，中国空军严阵以待，他们截获日军侦察机情报，得知在第二天，日本将对武汉发动大规模空袭。这天晚上，空军飞行员陈怀民回了趟家，他陪父母吃了顿晚饭，也留给家人一封遗书。留下这封遗书，陈怀民离开了家。第二天，中苏两国空军在武汉上空血战日本空军，上百架战机在武汉上空鏖战，陈怀民击落一架日机后身受重伤，被五架敌机包围。生死关头，他放弃了跳伞求生的机会，而是180度翻转，撞向从后面扑来的敌机，顷刻间，两架飞机在空中爆炸，陈怀民把自己当作最后一颗子弹，与敌人同归于尽，年仅22岁。

陈怀民在天空中的一去未归，留给了亲人们无尽的伤痛和哀思，陈怀

小时候的陈怀民和父亲

民的未婚妻王璐璐，在得知他牺牲的噩耗后，伤心欲绝，她穿着爱人送给自己的旗袍，投江自尽。为了永远记住哥哥，记住中国人所经历的苦难，陈怀民的妹妹则将自己的名字“陈天乐”改为“陈难”。这场空战是中国抗战以来最辉煌的空战胜利，击落日机21架。抗日战争期间，像陈怀民这样的年轻飞行员，还有一千七百余人，他们大都出身名门，前途无量，有的毕业于名校，有的是归国华侨，他们在最青春的年纪，放弃了更好的人生选择，最终成了中国第一批空军飞行员，冲天报国。

时任南开大学校长张伯苓的儿子张锡祜，在九一八事变后毅然弃学离家，成为空军飞行员。1937年，这个刚订婚不久的年轻人，就在淞沪会战中壮烈牺牲，时年26岁。在得知儿子的死讯后，张伯苓说："我本人出身水师，今老矣，每以不能杀敌报国为恨，而今吾儿为国捐躯，可无遗憾了！"林徽因的三弟林恒，放弃了清华大学的学业，报考航空学校。1941年，日军轰炸成都，林恒不顾日机扫射，冒死起飞迎战，他在击落一架日机后，被敌机击中，以身殉国，年仅25岁。这群年轻人，用青春和生命捍卫祖国的天空，从他们离家从戎的那一刻起就将每一次的起飞当作永别。

在十四年抗战期间，中国空军共击落日机超过1200架，在整个的二战期间，中国空军飞行员总共阵亡或失踪超过4321人，在他们当中没有一个人投降，而平均年龄只有23岁，他们驾驶的飞机离开家飞向远方，为的是守卫祖国的天空。而最终，也把自己的热血撒在了天空，也把自己的名字镌刻在祖国的蓝天。陈怀民出生于江苏镇江的一个大户人家，父亲开办了当地最大的一家武校，母亲则经营着丝绸生意，那么，陈怀民为什么要加入空军报效祖国，危急关头他又为什么要做出撞机的选择呢?

陈怀民写给父母的信

在家中，我很想把自己的心情向父母亲讲讲。我怕他们难受，又怕他们为我的安全担心，故话到嘴边又咽下去了。

我常与日机在空中作战。打仗就有牺牲，说不定哪一天，我的飞机被日机击落，如果真的出现了那种事情，你们不要悲伤，也不要难过。我是为国家和广大老百姓而死，死得有价值。如果我牺牲了，切望父母节哀，也希望哥哥、姐姐、弟弟、妹妹继续投身抗日，直到把日本侵略者赶出中国！

一九三八年四月二十八日

对话

陈德:我叫陈德,我是陈怀民的侄子,今年70岁了,在华中科技大学工作,现在已退休了。

张羽(采访人):您叔叔出生在一个富裕的家庭,但为什么他会选择做一名九死一生的战斗机飞行员,去奔赴战场呢?

陈德:1932年,日本侵略我们国家,攻占上海。我的叔父当时只有16岁,他亲眼看见日本的飞机,在我们中国人民的头上像扔饺子一样扔炸弹,他发誓要为中国人民报仇,所以就要报考空军,报效祖国。

张羽:所以我们也看到在4·29空战的前夜,他跟家人共进晚餐之后,也悄悄写下了遗嘱。

陈德:是这样的,因为他感觉到了,第二天也就是4·29空战,有一场大战,他要拼命了!

张羽:我想作为战斗机飞行员的家属,内心一定要非常坚强,但没有想到的是,这次传回来的是噩耗。那么知道你叔父牺牲之后,家人是什么反应?

陈德:4·29空战,对我们家人来说,是一个巨大的打击,尤其是对我的奶

陈怀民和他的飞机

奶，因为母子连心嘛。当时4·29空战，武汉上空有上百架飞机在缠斗，但是，就看到空中的一团火，飞机撞了，看到这个情景，我爷爷也在其中，但是并不知道是我的叔父撞机。晚上就有人传递信息过来，说我的叔父陈怀民没有归队。第二天，决定性的消息传到我们家里来以后，我的奶奶知道了这个信息，当时就昏过去了，撕心裂肺地哭，希望自己的儿子，能够奇迹般地回来。在那之后，她就坐在江面的渔船上，来回地打捞我叔父的尸体，但是多少天过去了，还是没有打捞到，我爷爷奶奶就怀着悲伤的心情，每天在江边上烧香，希望出现奇迹，我的叔父能够回来！由于叔父陈怀民是从3000米处坠落下来的，在江的泥土里面浸泡了25天，就流到下游，一直流到我们武汉市一个叫阳逻的地方，当地的渔民在打鱼的时候，发现我叔父的尸体，把他打捞上来了。在6月5号开追悼会的时候，我的爷爷带着沉痛的心情说："怀民之死，颇得其所；惜其为国，尽力太少。"

◎陈怀民的侄子陈德的回信

叔父：

我是您的侄儿，也是您的儿子陈德。爷爷不想让血脉断了，把我过继给您，我很骄傲，有您这样一个爸爸。您不知道，那天奶奶买了四个橘子，等您回来吃，后来橘子烂了，也没有等到您，爷爷奶奶就觉得这个世界空了。

那一把二胡、那本日记、那顶降落伞，两位老人不知道摸了多少遍，翻了多少次啊！你们吃饭用的那个餐桌，一直没有丢掉，每次吃饭，您的位置上都摆上一双碗筷，爷爷奶奶说，他们说话您能听得见。爷爷临终前，让父亲和姑姑们把那把降落伞分了，每人拿一片永远带着您。叔父，您是武汉人的骄傲。每次走过以您的名字命名的陈怀民路，我都会停留片刻。就在这个路牌下，人来人往，我想他们并不是每一个人都知道那次空战，但每次路过这里的人都会向您行注目礼。他们知道：因为您，这个城市有光彩。

叔父，81 年前，您一定会想，泱泱中华，何日才能不再遭受战争的涂炭；祖国的天空，何日不再战云密布？叔父，81 年后，若您能再驾机升空，您会看见阳光照耀下的威武的战机编队，那是我们领先世界的战斗机，您能感受震慑入侵的强大自信，他们是您的同胞，他们每个人都听过您的故事，若有战，他们一定会舍生忘死，而我们相信：若有战，战必胜！

您的侄儿　陈德

写于您牺牲后的 81 年

第七章

这是跨越国界的革命阵线，于我们是一种敬意的表达，而对于先烈是使命的召唤。翻开中国革命烈士的图谱，我们会注意到：这样一个特殊的群体，他们来自异国，用热血铸就共同信仰——他们是坚定的国际主义战士！因为他们，我们相信信仰无疆；因为他们，新时代的命运，共同有了历史的映照！

微信扫一扫，获取本章视频。

不远万里

跨越时空的回信

库里申科

库里申科

(1903.？—1939.10)

1939年，库里申科接到苏联红军空军部队援华抗日密令，率"达沙式"远程轰炸机飞行大队秘密来到中国，配合中国空军作战，并负责训练中国飞行员。1939年10月3号和10月14号的两次作战中，他率领轰炸机大队一共炸毁日机近百架，让日军本部哀叹：这是侵华战争开始以来，日军最大的损失！胜利的消息震动了整个中国，更是深深鼓舞了饱受日军摧残的中国人民。

在中国的天空上，库里申科驾着战机轰鸣呼啸，生死一瞬；但他远在苏联家中的妻女对这一切毫不知情。由于援华任务的保密性，库里申科只能告诉家人："我调到东方的一个地方工作，这里的人对我很好，我就像生活在

库里申科与家人合照

家乡一样。”但是对家人的思念，还是让库里申科提笔写下一封家信，询问妻子和女儿的情况。

1939年10月14日，库里申科在与日军的战斗中，驾驶的飞机左发动机被击中，机身失去平衡，即将坠毁。库里申科本可以跳伞自保，但飞机将坠入万县，落入寻常百姓家。此刻，他虽然无比牵挂着等他回家的妻女，但他绝不能允许因为飞机坠毁，而给万县人民带来灾难。就在这生死一瞬，他没有丝毫犹豫，拼尽全力将飞机迫降到长江江面，却因过度疲劳无力游上岸，最终被江水迅速吞噬。这位不远万里来到中国的英雄，甚至还没来得及收到家人的回信，也不知疼爱的女儿是否还记得他的模样，就为保护万县人民而壮烈牺牲，给他的家人留下了永远的遗憾和思念……他的家人最终是否知道他的下落？他的故事又将以怎样的方式，流传在这片他牺牲的热土上？

库里申科写给妻子和女儿的信（节选）

亲爱的塔玛拉和心爱的女儿英娜：

我很想知道你和女儿生活的一切情况，哪怕一点一滴。塔玛拉，请给英娜买件大衣和一双毡靴，并以我的名义作为礼物送给她。我很少送你们礼物，尽管很普通。希望你下次回信，把你和女儿英娜的照片一并寄给我。多给我写信吧！

吻你，格利莎

一九三九年九月十五日

“对话

张羽(采访人):下面让我们有请回信人万宇。

万宇:大家好,我是万宇。我是一位时刻感恩库里申科的万州人,我想我也是最了解库里申科的人之一。

张羽:你提到你是最了解库里申科的人,为什么这么说呢?

万宇:作为一名万州人,我从小就是听库里申科的英雄事迹长大的;而且我现在作为一名库里申科烈士墓园的讲解员,每年会接待三十万人次以上的参观者,为他们讲述库里申科的故事。在我小的时候,就听父辈讲,库里申科当时是为了保护万州人民的生命,将自己驾驶的飞机迫降在了长江江面上,而自己就永远长眠于万州。

我的曾祖父曾经见证过,万县人民打捞飞机、救飞行员的场景,当时万县很多人都看见了。一架大型飞机拖着长长的黑烟,在万县上空盘旋了一阵后,坠入了红沙碛的江面。当时岸边的渔民,包括在忙着搬运的一些工人,立即赶到了事发现场,我们把库里申科的遗体打捞起来后,万县人民为他举行了一个隆重的追悼大会,并把他安葬在了美丽的太白岩下的白岩书院旁。那块墓地,其实是万县地区的一位士绅在受到库里申科英勇事迹的感染后

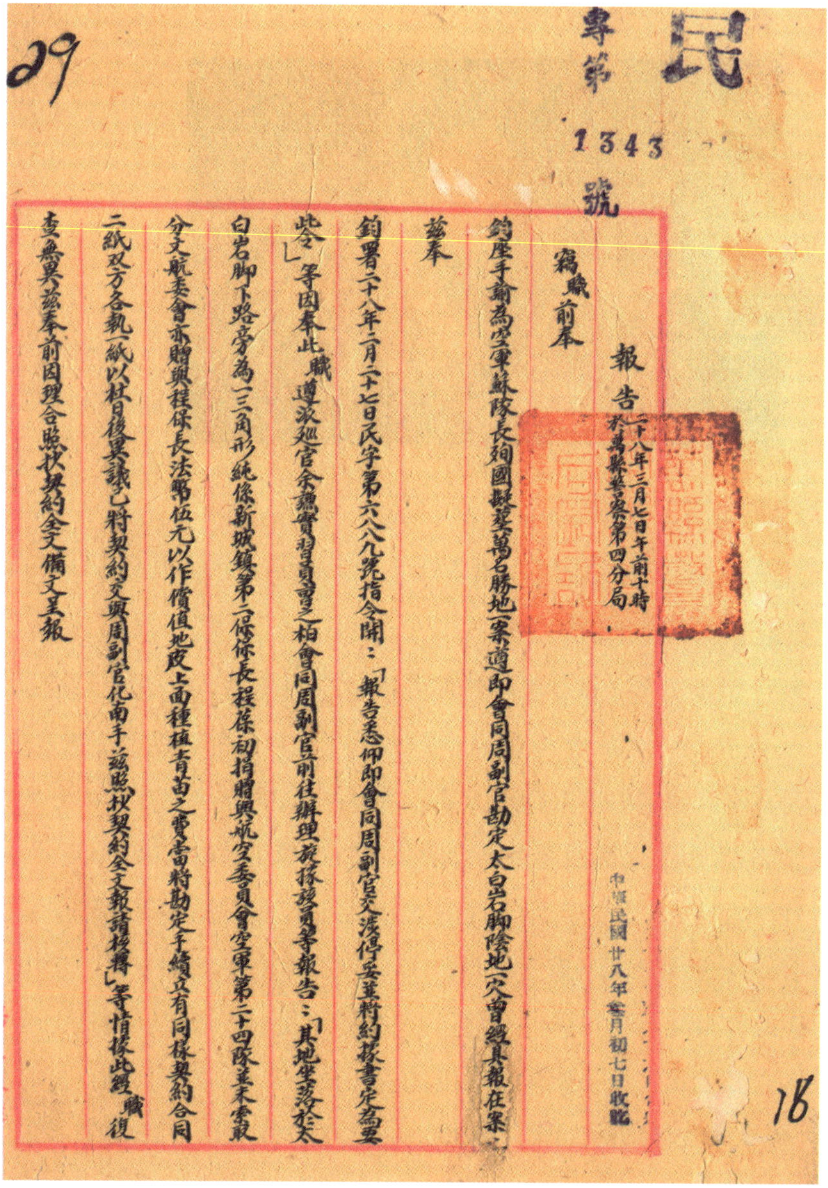

29

民

專第1343號

報告 二十八年三月七日午前十時 於萬縣警察第四分局

竊職前奉

鈞座手諭為空軍蘇隊長殉國擬葬萬名勝地一案，遵即會同周副官勘定太白岩腳陰地一穴，曾經具報在案。

茲奉

鈞署二十八年二月二十七日民字第六八八九號指令開：「報告悉。仰即會同周副官交涉，俟妥並將約據書定為要。

此令」等因。奉此，職遵派巡官余蘊實習員曹□之柏會同周副官前往辦理，旋據該員等報告：「其地坐落於太白岩腳下路旁，為一三角形，純係新城鎮第二保保長程蓀初捐贈與航空委員會空軍第二十四隊，並未索取分文。航委會亦贈與程保長法幣伍元，以作價值地皮上面種植青苗之費。當將勘定手續，立有同樣契約合同二紙，雙方各執一紙，以杜日後異議。已將契約交與周副官化南手。茲照抄契約全文報請核轉」等情。據此，經職復查無異。茲奉前因，理合照抄契約全文備文呈報

中華民國廿八年叁月初七日收

18

万县群众捐献土地的公文

库里申科妻子（右二）和女儿（左一）来中国祭奠库里申科

无私地将那块土地捐赠给了政府，用于安葬库里申科烈士。

张羽：我们刚才看到，库里申科给家人写信的时候，其实他的军事行动对家人是保密的。也就是说，他最后在中国牺牲，保卫了中国的这块热土，但家人并不了解情况，是吧？

万宇：是的。在库里申科牺牲之后，他的家人是全然不知的。虽然那个时候库里申科的英雄事迹，在咱们国内被大家所传颂，但是他的家人却是在他牺牲了几个月后，才收到了一封军人阵亡通知书。阵亡通知书上面写道："格里戈里·阿基莫维奇·库里申科，因在执行任务时牺牲。"而他的家人根本无法知道，他牺牲的场景情况以及他葬身的地方。直到 1955 年，他的女儿才知道了这一切。

旁白：1955 年，库里申科的女儿英娜，在莫斯科遇见了一位来自中国的留学生。而正是这次相遇，解开了她心中尘封了 16 年的谜团。

朱育理(1955 年 08 月至 1959 年 09 月，在苏联莫斯科机床工具学院机床设计专业学习)采访同期："我们入学以后呢，我们那个班的班长是一个苏联的女孩子，她的名字叫英娜·格里高利耶夫娜·库里申科。我一听到库里申科这个名字，一下子就想起来，我在 9 岁就知道的飞行大队长库里申科，为了抗日，在中国献出了宝贵的生命！然后我就问班长，你知道那位为中国抗日而牺牲的库里申科大队长吗？她马上说那就是我的爸爸！"1958 年，库里申科的妻女第一次来到了库里申科战斗过的中国，应邀参加国庆观礼。周恩来总理深切地对她们说："中国人民永远不会忘记格里戈里·库里申科。"在库里申科牺牲了 19 年后，他的家人终于站在了他的墓碑前，站在了离他最近的地方，他的家人被中国人民的精心守护所感动。这次祭扫后，她们并没有把库里申科带回家乡，而是选择将他留在了用生命守护着的中国人民身边。

库里申科女儿英娜采访同期："我非常感谢中国人民，感谢他们非常认真地看护我父亲、飞行员库里申科的墓。当时我就明白了，中国人民确实把我父亲当作了大英雄。"而这其中，一对普通中国母子对库里申科跨越了半个世纪的守护，更是让她们感动不已！

张羽:让我们有请库里申科陵园的守墓人魏映祥先生。

魏映祥:我叫魏映祥,来自重庆万州区,今年65岁;我母亲叫谭忠慧,于2017年11月18日病逝。我们一起为库里申科守墓61年。

张羽:您刚才讲到,您和母亲一直守护着库里申科的墓,长达61年。为什么会这样呢?

魏映祥:我们对库里申科有一种特殊的感情,他是为我们的国家和人民,牺牲在我们万州。我母亲就讲,要我们不能忘恩,要知恩图报。我的母亲一辈子守护了库里申科墓。退休后,她每天早上清晨6点钟,就要到库里申科墓地去看一看才放心。如果说有哪一天她没有去的话,她就觉得心里不放心。最后我就义不容辞地接了她的班。

张羽:库里申科不远万里,来帮助中国人民进行抗日战争,他也成了这座城市的记忆。

◎库里申科烈士墓园的讲解员万宇的回信

尊敬的库里申科：

80年前，您驾驶飞机从万州上空掠过，坠入长江江面，用自己的牺牲换得一城安全！从此，您成为万州的英雄、中国的英雄！当时整个万州百姓都走上街头，见您最后一面。您为救城而坠入江水，我们从江水中抬您入城，从此，您再没有离开这座城。

一对母子成为您的守墓人，他们说，守着您就是守着城。对于万州来说，您是这个城市的独特记忆。每年清明，万州人民都会聚集在您的墓前，送上一捧鲜花，80年来，无论风雨从未中断。很荣幸现在我是您的故事的讲述者，今天我能给您回信，就是想告诉您：您的故事会被代代传颂、永不磨灭。但我们也知道，万州对于您终究是异乡，后来几经辗转，您的爱人和孩子，终于来到您的墓前和您相聚。

她们搂着您的墓碑，泪水顺着墓碑滑落泥土，我们以为您的爱人会把您带回家。但您爱人说，您是属于万州的，万州就是您的家，您听到后可以安心留在万州了，这也是万州人民的期盼。

尊敬的库里申科，感谢您不远万里支援中国抗战，体验到我们共同的苦难。如今，您也成为中俄两个国家间的共同记忆，成为中俄两国人民友好关系的见证。一代又一代的年轻人会像我一样，记住您的故事，这将成为我们永远的精神财富！

万州百姓　万宇

写于您牺牲后的80年

白求恩

白求恩

(1890.3—1939.11)

这位战士，是很多人的少年记忆，更是很多人的精神榜样。毛泽东主席称赞他："一个高尚的人，一个纯粹的人，一个有道德的人，一个脱离了低级趣味的人，一个有益于人民的人。"他，就是白求恩！

中国抗日战争爆发后，1938 年 3 月，白求恩率领一支医疗队来到中国，支持中国人民抗战。在晋察冀边区，白求恩面对大量的重伤伤员，他将手术台设在距离前线最近的地方，将大批八路军伤员，从死亡线上拉了回来。1939 年 10 月 28 日，白求恩在他来到中国的 1 年 7 个月后，在一场手术中，不慎被伤员碎骨刺破手指，为不延误战士伤情，他只是把手指伸进消毒液里浸了浸，又继续手术，直到缝完最后一针，才开始处理伤口。谁曾想，就是这

白求恩（主席台左）在“模范医院”落成典礼上讲话

个小小的伤口意外感染，最终恶化为败血症。

1939 年 11 月 11 日凌晨，日渐虚弱的白求恩，意识到生命即将走到尽头，便用颤抖的手，给时任晋察冀军区司令员的聂荣臻留下了一封信，嘱咐将身边的物件一一留给了战友。1939 年 11 月 12 日，白求恩逝世，时年 49 岁。跟他一起共同工作了 500 多天的亲密战友，时任晋察冀军区司令员的聂荣臻听到消息，还没有放下电话，就止不住泪流满面。毛泽东主席于 1939 年 12 月 21 日，写下了《纪念白求恩》一文，号召中国人民学习白求恩精神。

在遗嘱中，白求恩惦念着身边的每一个人，字字句句都渗透出满腔的关心和友爱。他这一生的奔波和忙碌对他自己来说什么都没有留下，而他在牺牲前的最后一刻，惦记的还是如何买到好的药品，如何让伤员得到更好的救治。“最近两年是我生平最愉快、最有意义的时日”，就是白求恩对自己中国经历的最后总结，也是毫不利己、专门利人精神的最朴素的表达。

白求恩写给聂荣臻的信（节选）

亲爱的聂司令员：

我今天感觉身体非常不好，也许就要和你们永别了！请你给加拿大共产党总书记蒂姆·布克写一封信，告诉他们：我在这里十分快乐，我唯一的希望就是能多有贡献。两张行军床你和聂夫人留下吧，两双英国皮鞋也给你穿了。马靴和马裤给冀中区的吕司令。贺龙将军，要给他一些纪念品。医学书籍和小闹钟给卫生学校。给我的小鬼（勤务员）和马夫每人一床毯子，并另送小鬼（勤务员）一双皮鞋，照相机给沙飞，贮水池等给摄影队。每年要买两百五十磅奎宁和三百磅铁剂，专为治疗疟疾和极大多数贫血的患者。千万不要再往保定、天津一带购买药品，因那边的价钱要比沪、港贵两倍。

请转告加拿大和美国人民，我十分快乐。最近两年是我生平最愉快、最有意义的时日。我不能再写下去了，让我把千百倍的谢忱送给你和其余千百万亲爱的同志们！

一九三九年十一月十一日

“对话

王翠兰：大家好！我是来自白求恩国际和平医院消化内科护士长，我叫王翠兰。

张春东：我是来自白求恩国际和平医院超声科副主任医师张春东。

张羽（采访人）：欢迎两位，请坐。两位是来自于白求恩国际和平医院，这个医院是为了纪念白求恩而特别设立的吗？

张春东：是的，白求恩亲手建立的。1938 年 4 月，白求恩来到了晋察冀军区，被分配到了晋察冀军区的后方医院，他看到医院有很多很多的伤病员等待救治，但是医院的条件非常差，不管是规模、设备、技术人员还是药品，都远远不能满足战时的需要。于是，他就向聂荣臻司令员倡议，并亲手创建了一所比较正规的模范医院和特种作战医院。1939 年 11 月 12 日，为了纪念他，晋察冀军区就把他战斗过的这所后方医院正式更名为：白求恩国际和平医院，是全国唯一一座整建制保留下来的老八路医院。

张羽：白求恩大夫除了亲自给伤员做手术、救助战士之外，他还给抗日战争时期的中国医疗带来了什么呢？

王翠兰：他在我们的医疗队给我们解决了很多的困难。我们医院的一

白求恩国际和平医院

位副院长张业胜，当时和白求恩大夫是在一个医疗队，他是白求恩大夫的司药，他俩在一起工作了很长时间，也是战友。他经常给我们讲和白求恩一起经历过的那些事儿，给我印象挺深的就是那个叫“卢沟桥药驮子”。当时条件非常差，我们的医疗器械每次在转运的过程中会丢失很多，破碎的也很多。白求恩大夫想解决这个问题，就开始做药箱，它两边可以装着医疗器械，然后将其放在马背上、驴背上，这样就能很快地把我们的医疗工具转运走。做好以后，白求恩听到我们老百姓在唱卢沟桥的小曲儿，就取名叫“卢沟桥药驮子”。

旁白：白求恩在中国的日子算起来总共只有 674 天，但几乎每分每秒都没有停歇过，当时48岁的白求恩称自己是整个晋察冀前线战斗的“最老的八路军”。但仍号召大家拼命“使用”他：“你们要把我当作一挺机关枪使用，我不是明代的古董瓷器。”这是白求恩常挂在嘴上的口头禅。在前线的辛苦是难以想象的，仅在刚抵达的1938年，白求恩就跋涉了将近一万零二百里路，其中将近一千三百里是完全用双脚走的。白求恩常吃着粗劣的粮食，工作三四十个小时不休息，因为工作过度劳累，免疫力急速下降，一只耳朵全聋了三个月，眼睛也出了问题。作为医生，他不可能不知道自己的身体状况，但他不能看到伤病员无人照料，不能看到别人忍受痛苦。他常说：“请不要担心我的健康，最重要的是伤员，一个医生就是为了伤员而活着。如果医生

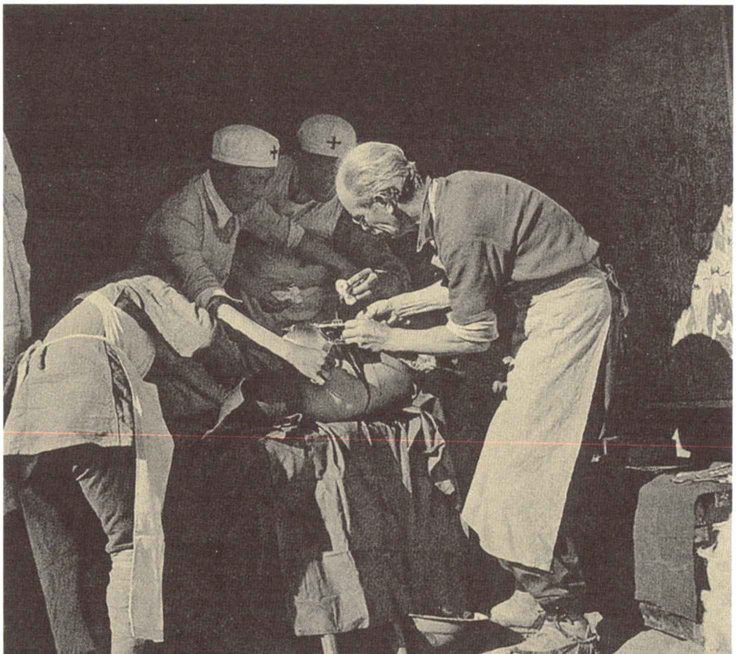

白求恩（右一）在药驮子上进行手术

不为伤员工作，活着还有什么意思呢？”这滚烫的话语跨越时空，如今依然沸腾在我们的心头。

张羽：我想，用他的名字来命名医院，不仅是要纪念白求恩，更重要的是把白求恩的精神传承下去。

王翠兰：在我身边就有这么一位白求恩式的军医，她是我的战友，她叫张笋。在2012年的时候，她不幸查出了脑瘤。她知道自己肯定没有多长时间了，就签下了一份器官捐献意向书。后来我们才知道，张笋在后三个月里面没有服过一粒药品。因为她自己就是一个神经内科的医生，她知道这些药品对肝肾功能的损伤，她不想让后来得到她捐助的人有什么危险，所以她直到最后一粒药都没有吃。在她去世以后，她的爱人送来了一大箱的药品，让我们把这一大箱的药品捐给其他的病人。她的双肾和肝脏分别移植给了三个人，让这三个人得以重生。她被老百姓称为“白求恩式的好军医”，不管是白求恩还是张笋，虽然他们走了，但他们的思想和行为一直指引着我们往前走，让我们把这个精神传下去。

张羽：从你们两个的装备和穿戴上就可以看出，你们都参加过维和部队。

王翠兰：对，我是中国第五批赴利比里亚维和医疗队的一名成员。

张春东：我是中国第十八批赴利比里亚维和医疗分队的副队长。

张羽：在当地你们最难忘的是什么呢？

王翠兰：有一位非洲的姐妹叫鲁瑟，她是一位宫外孕患者，当时，当地的医疗条件是非常差的，像宫外孕手术根本就做不了。后来当地医院就向我们求助，这种疾病非常的急，容易出生命危险，当时我们院长就说一定要把她收过来，咱们想办法。这个宫外孕案例是输卵管破裂后大量的血在腹腔里面，如果做手术一开腹，病人有可能就死掉了。可是没有血库怎么办呀？我们就有六名医生护士，还有我们的战士就撸起袖子说：“来抽我的血！”抽了我们六名战士大量的血以后，救助她的过程将近 40 个小时，我们把鲁瑟救活了！我现在想起来还特别自豪，因为有一位非洲的姐妹，她身上依然流淌着我们中国军人的鲜血。

张羽：听说因为经常在中国军医那里获得救治，还有非洲小朋友起中国名字？

王翠兰：是的，非洲的好多家长，给这些孩子起名都是中利、和平、利华，这么多孩子的名字象征着和平友谊，这也是我们一批批维和官兵在非洲大地上留下的身影。

◎白求恩国际和平医院副主任医师张春东的回信

尊敬的白求恩大夫:

今年是您牺牲80周年,在这个特殊的时间,我们有许多话想对您说。白求恩大夫,您知道吗?您牺牲后,毛主席专门写了一篇文章——《纪念白求恩》,这篇文章影响了一代又一代中国人,您的光辉事迹从此传遍中华大地。您毫不利己、专门利人的国际主义精神也在中国生根发芽,茁壮成长!白求恩大夫,我们在您牺牲的城市修建了墓碑和雕像,中国卫生部还设置白求恩奖章,用以表彰在医疗卫生战线做出突出贡献的医疗卫生工作人员,您的家乡专门建立了以您的名字命名的白求恩纪念中学。

我们常常走进白求恩纪念馆,在发黄的照片中追忆您的足迹,在您的身后,有宁可自己讨饭也要让伤员吃饱的模范护士张喆;有炸弹飞来时扑到伤员身上的特等功臣崔志英;有在生命的最后时刻捐献器官、挽救他人生命的好军医张笋……

他们是在您的精神哺育下成长起来的杰出代表!我还要骄傲地告诉您:我们的白求恩医疗队走出国门,远赴非洲执行国际维和联合军演和医疗援外等任务。白求恩大夫,80年前您义无反顾地来到中国,成为国际主义精神的典范;如今,我们将这种精神带出国门,反哺世界。再过几个月,我们又要出征了,远赴非洲执行维和任务。我们不仅要圆满完成任务,而且时刻不能忘记身上流淌的是您的精神血脉,这份精神就是我们对生命的尊重和守护,这份精神就是中国展示给世界的责任和担当!

您的传人

写于您牺牲后的80年

第八章

父亲，是一个能够轻易牵动你我思绪的形象，我们可以轻松地说出与他之间的各种故事和感受。但是对许多先烈的后人来说，父亲是缺席的存在，是最亲却最远的存在，所以他们毕其一生都在寻找父亲，只希望能够走得更近一些、看得更清一些。今天就让我们通过两封家书，一起来感受父亲的嘱托和儿女的追寻。

微信扫一扫，获取本章视频。

父亲

跨越时空的回信

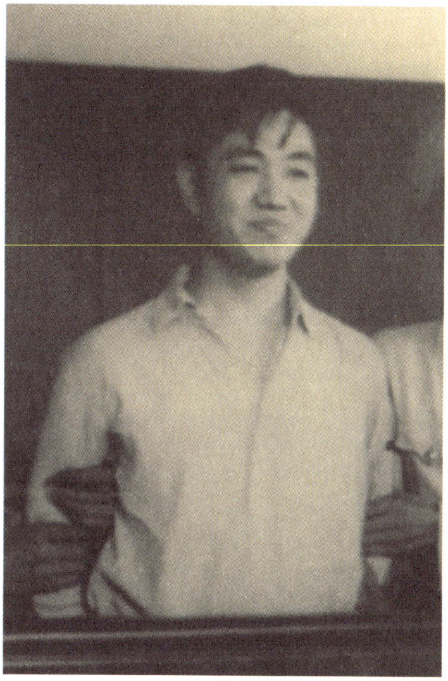

王孝和在特刑庭上

王孝和

(1924.2—1948.9)

1948 年 4 月，国民党当局以“妨碍戡乱治安”为名，在全上海逮捕各厂工会的负责人。当时，被党组织安排在上海杨树浦发电厂工作的共产党员王孝和，因为在反内战的民主运动中站在了工人队伍的前列，也被列为搜捕对象。

王孝和，工人阶级的杰出代表。他从学生时代起，就积极参加爱国学生运动。1941 年 5 月加入中国共产党，1943 年由党组织安排进杨树浦发电厂工作，维护工人利益，领导工人与厂方斗争。在王孝和的带领下，上海电力公司工人在同国民党上海反动当局的斗争中，发挥了重要作用。1948 年 4 月，当被列为搜捕对象的时候，王孝和其实有撤离的机会，妻子忻玉瑛曾跪下来求他，但王孝和却说：“这里是我的战场，为了上海地下党和工会的安全，我不能撤

王孝和被押解赴刑

王孝和与妻子忻玉瑛

离！”1948年4月21日，由于叛徒出卖，王孝和被国民党反动军警逮捕。

1948年9月27日上午，特刑庭准备对王孝和执刑。那天清晨，电厂的工人集体为他送行。有着身孕、挺着孕肚的妻子忻玉瑛，也赶到了现场，痛斥反动政府滥杀无辜。一时间群情激愤，抗议声浪迫使法警再次将王孝和带回了监狱，宣布改期执刑。就在这一天，王孝和提笔为自己的妻子写下了一封遗嘱，他知道，他第二个孩子马上就要出生了。

1948年9月30日，王孝和被枪杀于提篮桥监狱刑场，时年24岁。而“未来的孩子就唤他叫佩民”，也成了王孝和留给即将出生孩子的最后嘱托。孩子为什么叫佩民？这个名字的寓意是什么呢？

王孝和写给妻子忻玉瑛的信（节选）

瑛妻：

我很感激你，很可怜你。你的确为我费尽心血。但愿你勿过悲痛，在这不讲理的世上不是有成千成万的人在为正义而死亡？为正义而子离妻散吗？不要伤心！应好好地保重身体！好好地抚导两个孩子！告诉他们，他们的父亲是被谁所杀害的！嘱他们刻在心头，切不可忘！但愿你分娩顺利，未来的孩子就唤他叫佩民！

你的夫　王孝和血书

一九四八年九月二十七日

“

对话

张羽(采访人):您好!

王佩民:您好!我是王孝和烈士的女儿,我叫王佩民。我从来没见过我的父亲,所以我很想他。

张羽:我们看到王孝和烈士在遗嘱中嘱咐,把自己即将出生的孩子起名叫“佩民”。他那时候还不知道,自己将迎来的是一个女儿。您知道当初他起这个名字的寓意是什么吗?

王佩民:等于是他给我最珍贵的遗产。我猜测,他对我是满怀着那种嘱托,他也不知道,这第二个孩子到底是男孩还是女孩,所以起名“佩民”,这个名字是中性的,对我怀揣着的希望,就寄托在这个名字上面。

张羽:您从小的时候,就知道您的父亲是一名烈士吗?在您的印象当中,父亲是一个什么样的人呢?

王佩民:父亲对我来说,是既远又近。我没有见过他,所以对于我的父亲,我是既熟悉又不熟悉,所以我就想去接近他、了解他、理解他。

张羽:随着您的成长,您不断在寻找您父亲的材料,想进一步了解他?

王佩民:是的。我一直以为,我父亲是个很刚强的人,对他有一些不理解。

我想父亲既然结婚了，有了孩子，怎么能对家庭不负责任？我想他心肠怎么那么硬？他怎么忍心抛下这么一个温暖的家庭、年轻的妻子、幼小的孩子，还有肚子里的孩子？我就寻找他的东西，要了解他。我从他生活和工作过的地方，到处去寻找他的足迹。然后无意中在上海档案馆，找到了我父亲的一叠家书，那时我很激动。那一摞信被找到的时候，我一下子就不肯放手了，我捧着这些信跟档案局的人说："这些信都是给我们家属的，我要拿回去！"后来他们就复制给我了。我回家后一封一封地看。我算了一下，他是4月21日被捕的，一直到9月30日，一共是163天。现在找到的书信一共有50封，那么平均下来就是3天就有一封信。所以我从这些书信里面，认识了我父亲。

张羽：我想您在读这些信的时候，就好像在跟父亲对话吧？

忻玉瑛与孩子

王佩民:这里面有两封信我是印象最深的。8月1日写给我妈妈的一封信,提到了我的姐姐:“晴儿怎么会病了两个月?怎么过去我一点也不知道?你瞒住我做什么?我坐了牢,累的小孩子也苦了,只听到她在哭,你在哄她说:喏,喏,阿爹喏……”还有封信,因为我妈妈马上就要生我,所以他不放心我妈妈。我觉得这封信是对我妈妈的关心,也是对未出生的孩子的关心:“瑛妻如握:我想你还是仍旧住在三马路比较妥当些,至于洗尿布等等操作,或者可以请邻居家娘姨帮一帮,到满月时再给她报酬好了。”就是在关照我妈妈她生产要怎么做。

张羽:书信当中并没有太多的豪言壮语,更多的是对家里非常悉心的嘱托。你心中的问题有答案了吗?父亲爱家吗?

王佩民:爱家的!爱家、爱妈妈,也爱我们子女。他是很关心我们孩子的,所以特别想他。

张羽:您还走访了父亲当时掩护的战友,战友怎么给你讲述你的父亲呢?

王佩民:上海有一个郭伯伯,他今年已经96岁了,他原来跟我父亲是一个党支部的。我父亲出事了以后,他没有转移,也没有离开这个厂,但是他没有被捕。他说:“佩民啊,我的命是你父亲给我保下来的。当时你父亲只要嘴巴一动,讲出我的名字,我就被捕了。”所以他说我的父亲是好汉、是英雄!他也一直很怀念我父亲。我现在每年都要去看他几次,我看到他就好像看到我的父亲,有这个感觉。他看到我也很激动,他每次看到我,提到我父亲,甚至会号啕大哭。

张羽:王阿姨随着成长,一直在寻找自己的父亲。她一直想回答一个问题:就是父亲当初为什么做出这样的选择?父亲的爱到底在哪里?我想随着您的成长和寻找越来越清晰了您的父亲爱国、爱党、爱家人、也爱你,在今天这样一个场合,您将通过一种特殊的方式给父亲写一封信,有什么特别想

王佩民与王孝和的战友郭予钧

说的呢？

王佩民：其实我对父亲要讲的话很多很多。每次有家属有老人过世，我去参加追悼会的时候，我会跟他们说：你们去找我的父亲，带信给他，跟他说还有一个小女儿，一直在找你。我妈妈是 2015 年去世的，我也叫我妈妈去找他，我想我以后一定会找到他的。

◎王孝和的女儿王佩民的回信

亲爱的爸爸:

我是在您牺牲以后的三个星期出生的。您在给妈妈的遗书里说,未来的孩子就叫她“佩民”。所以,我出生的时候,妈妈哭喊着对天说道:“孝和啊,佩民出来了!”不知您有没有听到妈妈的呼唤声?亲爱的爸爸,您在我心中既熟悉又陌生,有时候我会想,我真的有过您这样的父亲吗?我问过母亲,父亲是一个什么样的男人?母亲说:“您是穿着灯芯绒夹克、有思想的英俊小伙,看了一眼便让母亲坠入爱河的有志青年。”

爸爸,我一直在寻找您、了解您、理解您,多年的寻找,终于让我有机会与您见面了!在1994年,上海烈士陵园要把烈士墓搬迁到龙华烈士陵园,我向烈士陵园提出请求:能不能看看您?记得那一天,天阴沉沉的,风很大,我就站在您的墓边,看着石板一点一点地移开,我的心扑通扑通地跳得厉害!爸爸,我们就要见面了!女儿我找了您几十年了,我就是你的佩民啊,你要好好地看看我!等到石板全部移开的时候,我一下子跪在了您的面前,大声地哭喊着:爸爸!你能看见我吗?爸爸!为什么你不能等着我,使我好好地看看您?爸爸!您知道我有多么渴望被您疼,被您爱啊!爸爸!就差那么几天,你都没有来得及见我一面,我就成了您的遗腹女,我们父女俩就阴阳两隔。爸爸!只要有机会,我还会找你,相信我们一定会再见面!下辈子我们还要做父女!爸爸!您一定要等着我!

您的小女儿　佩民

写于您牺牲后的71年

新四军政治部主任袁国平

袁国平

（1906.5—1941.1）

袁国平，湖南人，新四军政治工作的重要开拓者和领导人，被毛泽东誉为“我军著名的宣传鼓动家”。新四军成立几个月后，毛泽东主席亲自推荐袁国平担任新四军政治部主任。袁国平就任后，迅速确立了新四军政治工作制度，健全政治工作系统，贯彻党对军队的绝对领导。解放军总政治部撰文称，他为中国共产党领导的革命事业和人民军队的成长壮大，建立了卓著功勋，为我军的政治工作建设作出了不可磨灭的贡献。1938 年，抗日烽火燃遍华夏，亡国论甚嚣尘上。袁国平深入开展宣传工作，为每一个干部战士树立定可战胜日本的信念，新四军的战斗力和凝聚力迅速提升。

1939 年春，袁国平提笔给侄子袁振鹏写下一封家信，介绍抗战形势，并

江南的新四军：新四军政治部主任袁国平

决心做个“不聪明”的人，愿以最后一滴血贡献给国家民族。1941年1月，国民党悍然发动震惊中外的皖南事变：军长叶挺在与国民党谈判时被扣押，副军长项英和副参谋长周子昆遇难。1941年1月15日，袁国平率队突围，身负重伤，战士用担架抬着袁国平一路拼杀。为了不影响部队行动，把生的希望留给战友，袁国平拔枪自尽，这一年，袁国平35岁。

殉道者与“不聪明”，是袁国平那一代革命先驱者镌刻在中国历史画卷上的永恒形象！袁国平在阵前动员时曾说：“如果有100发子弹，要用99发射向敌人，最后一发留给自己，绝不做俘虏。”最终，他践行了自己的诺言。他在信中提到的孩子不到两岁，78年后，他信中提到的孩子，是否了解这位自称“不聪明”父亲所做的一切？他对父亲的追寻，又经历了怎样的过程呢？

袁国平写给侄子袁振鹏的信（节选）

振鹏贤侄如见：

敌愈深入愈困难，兵力分散，交通延长，后方空虚，地形不利。而我们前有正规军顽抗，后有游击队积极行动，前后夹击，必使敌人之泥足越陷越深！你应告诉家里，中国抗战前途很好，最后定可战胜日本！

此刻我身无分文，无法帮助家里，因为我们都是以殉道者的精神，为革命、为国家民族服务的。或许，有人要说我们是太『不聪明』了，然而，世界上应该有一些像我们这种『不聪明』的人。祖母大人的慈照已经收到，白发似乎又添了几根；第二个更可爱的你的弟弟或妹妹又将出世了呵！

一九三九年春　醉涵　字

对话

袁振威：大家好！我是袁国平的儿子，我叫袁振威，今年 80 岁了。我是海军指挥学院的教授、博士生导师，现在是一名退休干部。

张羽（采访人）：欢迎您！请坐。我们看大屏幕上呈现出一张照片，照片上的小孩就是您吧？

袁振威：是的，这个时候我正好是两个月大。

张羽：上面写了浣郎，这是您的小名吗？

袁振威：是的，是我父亲给我取的乳名，是湖南话“皖南”的谐音。我爸爸的意思就是要我记住皖南，记住皖南人民，记住为人民幸福、民族生存而英勇战斗的新四军。

张羽：你还不到两岁的时候，父亲就已经牺牲了，您对他有印象吗？

袁振威：我对父亲没有任何印象，因为我出生八个月就被送回老家由奶奶抚养；而 1941 年我不到两岁的时候，父亲就牺牲了。因此我的出生之日，实际上就是我们父子生离死别之时。五六岁的时候，我在和小朋友们争吵的时候，他们骂我，说你爸爸妈妈死了，我就扑到奶奶的怀里哭了。奶奶在安慰我的时候说，你爸爸妈妈都在外面做生意，来信都讲到你。然后在我脸

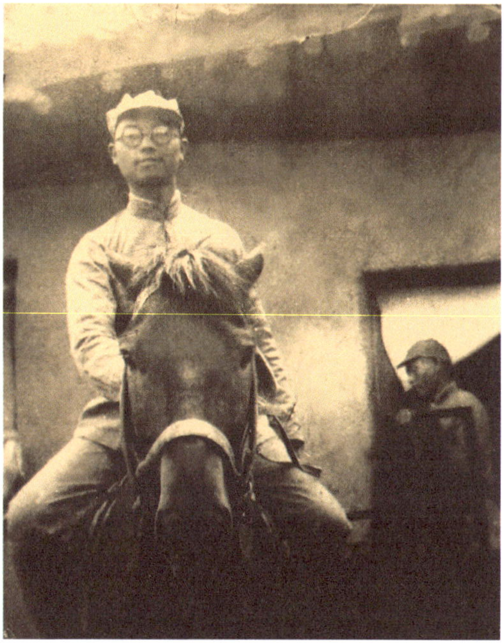

1937 年，袁国平摄于甘肃庆阳

上左边亲一下，说这是妈妈亲的；右边亲一下，说这是爸爸亲的。

张羽：您最开始对父亲的感受，是通过奶奶的安慰，那么后来母亲有没有给你讲父亲？

袁振威：我的母亲邱一涵，她 1926 年参加革命，是中央红军队伍中走完两万五千里长征全程的三十位女红军之一。1946 年，我母亲得了癌症，在上海治病，兼做地下工作，把我接到了身边，我仍然没有见到父亲。我母亲总是跟我讲，你爸爸在外面做生意，很聪明、爱读书、待人好。这是我最初对父亲的印象。

张羽：到那个时候你还不知道父亲已经牺牲了？

袁振威：不知道。

张羽：什么时候知道的呢？

袁振威：大概在我十二三岁的时候，一次，有一个小朋友告诉我，我爸爸是自杀的。我就回去问我妈，某某小朋友跟我讲，我爸爸是自杀的，是吗？我母亲很少跟我谈起父亲的事情，她告诉我，我爸爸在危急关头宁愿举枪自尽，也不愿意连累战友，不愿影响部队行动，他是英勇自尽的，是烈士，这个时候我就晓得父亲是牺牲了。他是在皖南事变率队突围的时候身负重伤，卫士连连长李甫带队伍通过的时候发现我父亲，他们过去一看，血肉模糊。我父亲就问李甫："你们还有多少人？"他说："还有100多。""把他们带出去，不要再管我了！"战士们舍不得放弃他们的首长，搭了一个担架，就抬着他突围。等到过青弋江的时候被敌人发现，100多人的队伍，只剩下三四十个人了。我父亲就对李甫讲："这样下去，我们一个人都出不去。这里的情况还需要向中央汇报。"于是他就拿出了一个笔记本，七块大洋，指着大洋对李甫讲："这是党费。"正在大家非常难过、泣不成声的时候，我父亲悄悄地摸出了勃朗宁手枪，对着太阳穴扣动了扳机，他把生的希望留给了战友、留给

1939年7月，新四军第一次党代表大会主席团合影。前排左起：陈毅、袁国平、项英、周子昆、邱一涵、李坚真；后排左起：谭震林、(不详)、曾山、李步新

了战士、留给了他的部下。

张羽：那你如何看待他最终这样的选择？

袁振威：我父亲置身革命，是以牺牲一切为代价的。远在北伐战争时期，在整装待发之际，他在给奶奶的照片后面写了一封短信，信中说道："我愿拼热血头颅，战死沙场，以搏一快；万一凯旋生还，再睹此像，再谈此语，其快乐更当何如耶！"在他们看来，只要革命需要，生死都是快乐的事情。他愿将最后一滴血，贡献给国家民族。

我母亲曾经说过："革命是要付出牺牲的，是以牺牲党的好儿女为代价。"所以我们一家，都为父亲最后的壮举感到骄傲，感到自豪！然而作为袁国平的儿子，我却感到永远的心痛。因为我父亲是一个孝子，他却不能在老母亲面前尽孝，而让她哭瞎了眼睛；他深爱他的妻子，却让她34岁就守寡；他最疼爱的儿子，则一度牵着双目失明的奶奶，讨饭度日。80年来，我无数次在梦中，向父亲飞奔而去，但我怎么也扑不到我爸爸的怀里。我这一辈子，没有享受过父亲的抚爱，没有亲耳倾听过父亲的教诲，这使我深深地感到遗憾！

张羽：你找了很多父亲的战友吗？他们怎么跟你讲述你的父亲呢？

袁振威：很多我父亲的战友，都对我父亲深有感情。往往见到我的时候，就把全部的感情都集中在我身上了。所以我对父亲的很多了解，就是通过他们的谆谆教诲，才逐渐清晰起来的。周恩来伯伯曾经就跟我讲过："你父亲牺牲时很英勇的，他是政治工作的专家，对军队建设贡献很大；你要继承他的事业，不要迷失政治方向。"而跟随我父亲从延安到新四军的顾鸿将军，谈到我父亲的时候更是情不自禁，他说我爸爸的口才很好："你爸爸做报告，要人笑，个个捧腹大笑；要你哭，人人都流泪，他就有这个本事。"

张羽：我想这些战友给你讲述你父亲的故事，是为了让你能更多地了解你的父亲。

袁振威:因此我就想,如果没有一批像父亲这样所谓的“不聪明”的人,就没有我们今天的一切。因此我为父亲所谓的“不聪明”而感到骄傲!从孩时起,我就在懵懂中学着像父亲母亲那样做人,我就是从父母身上看到了共产党人的品格,逐渐认识了中国共产党。我在中学就入了党,成为了一名光荣的共产党员。

张羽:我想您父亲如果在天有灵的话,一定也非常的欣慰。您没有辜负您父亲对您的期望,也成为了一名出色的中国军人。在今天这样一个场合,您将要用一种特殊的方式,跟父亲进行一次沟通,给他回信。您想说什么呢?

袁振威:我想喊一声爸爸,我一生都在追寻他的足迹,在人民海军的成长壮大中也有他儿子一份贡献!

◎袁国平儿子袁振威的回信

爸爸：

我是您的儿子浣郎啊！1939年出生在皖南军部的我，今年已经80岁了啊，而您是永远的35岁！在逝去的两万八千多个日日夜夜里，我总觉得您睿智祥和的目光，无时无刻都透过那副圆圆的镜片，深情地凝视着我、温暖着我，也深情地凝视着您挚爱的为之抛洒热血、献出生命的神州大地。我出生的那一年，您给我堂兄袁振鹏的家信中写道："或许有人要说我们是太'不聪明'了，然而世界上应该有一些像我们这种'不聪明'的人。"

爸爸，您的话我记了一辈子，我也按照您的教导做人做事，竭尽全力为人民军队，为我们国家服务奉献。爸爸，1956年妈妈因病也永远离开了我，17岁的我虽然失去了您和妈妈，但我也得到了更多的父爱与母爱。当时中

袁国平（左七）与参加南昌起义的部分干部在皖南新四军军部合影

共江苏省委常委会决定由第一书记江渭清叔叔来代管我；朱德元帅的夫人康克清妈妈的话，更是让我终生难忘，她在信中说道："你虽然失去了母亲，但你不会失去母爱，会有更多的妈妈爱你；你虽然失去了家庭，但你不会成为孤儿，我们的家就是你的家。"

2015年，纪念中国人民抗日战争暨世界反法西斯战争胜利七十周年阅兵式在北京隆重举行，您被评为"首批著名抗日英烈"，作为英烈的后人，我代您参加了这次阅兵。我见到了许多新四军的老战士，他们都没有忘记您。习近平主席在颁发中国人民抗日战争胜利七十周年纪念章仪式上说："一个有希望的民族，不能没有英雄；一个有前途的国家，不能没有先锋。"爸爸，这句话您听到了吗？我为您感到骄傲！经过天安门的时候，我昂首挺胸，向主席台敬礼，也向您和您的战友们致敬，我觉得你们正神采飞扬地屹立在主席台上，看着红旗如海、鲜花似锦的中华大地，与亿万人民共同感受今日中国的繁荣与强大！

80年前，您主持并和战友们一起创作了传唱至今的威武雄壮的《新四军军歌》，歌中唱道："东进！东进！我们是铁的新四军，发扬革命的优良传统，创造现代的革命新军！"是啊，当年是你们这些舍己为国、无私奉献的民族英雄英勇奋斗、牺牲流血，赢得了民族独立、人民解放！

80年后，您的儿子浣郎，与万千后来人一起学习你们，也来做放弃个人得失的"不聪明"的人，勇当先锋，为实现中华民族伟大复兴的中国梦而努力奋斗，永不停步！

您的儿子　浣郎

写于您牺牲后的78年

第九章

守护，是一份职责，也是一句承诺。职责于心，必须全心全意，哪怕是一份文件，仍以生命相护。诺言于行，必须言行一致，哪怕是点滴相助，必立下凭证，他日回报。

微信扫一扫，获取本章视频。

守护

跨越时空的回信

中央文库守护者之一陈为人

中央文库

它只是一句简单的嘱托，然而它嘱托的东西，却是比黄金还珍贵的国宝。它就是中国共产党的“一号机密”——中央文库。

中央文库，中国共产党第一座秘密档案库，囊括中共“一大”以来的所有党中央决议、军事文件和地下组织图等“一号机密”。一旦落入敌手，无异于将党的根基全部暴露，这将对还在发展中的中国共产党造成致命打击。从1931年开始，十余位潜伏在上海的地下党员，隐姓埋名，以接续守护的方式秘密保管中央文库，长达18年。这其中，第二任保管员陈为人，在生命即将走到终点的时候，强撑病体，为他的继任保管员写下了一封特殊的信，这是一封嘱咐如何管理中央文库的《开箱必读》。

在写下《开箱必读》之后的一年，陈为人因为过度劳累，旧病复发，最终牺牲。陈为人用他 38 年的短暂人生，谱写了为党甘愿奉献一切的忠诚，他舍家弃命守护文库的精神，感染着此后的每一位管理员。此后，《开箱必读》始终放在所有文件的最上方，成了每一位继任保管员的"必读指南"。在一位位守护人的努力保护下，中央文库最终被送入新中国档案馆。

多达二十箱的中央文库，记录着中共建党史、人民军队壮大史和领袖人物史。这么多机密档案是怎样收集起来的呢？1931 年，中共中央制定并颁发了由瞿秋白起草，周恩来批准试行的《文件处置办法》。《文件处置办法》提出：中央下发的文件和各地上报的文件，均需入库，备交将来（我们天下）之党史委员会。为了妥善存留党的珍贵记忆，中共中央制定了一系列安全管理制度，如库址一定要达到独立居住的要求；只派一名领导干部与文库负责人进行单线联系；文库工作人员尽量减少与外界的接触；文库地址不能固定；每遇险情或更换负责人，都必须立即搬迁。十八年，在中央文库辗转转移的背后，究竟经历了那些风波？而如今的中央文库，又是被保管在哪里呢？

陈为人写给继任保管员的开箱必读

开箱注解：

在未开箱之先，必取目录审查，尤其是要审查清理的大纲共两件，一切文件，都是按此大纲清理的。然后才按目录次第去检查，万不可乱开乱动。同时于检查之后，仍须按原有秩序放好。

对话

赵涓：大家好，我是中央文库现任保管员，我叫赵涓，来自中央档案馆。中央文库的主要库藏，现在保管在中央档案馆。其实在我进馆的第一天，就对中央文库印象深刻，因为它保管得非常神秘。我记得非常清楚，当时是一位工作多年的保管员，他先后打开了五把锁。而且中央文库不是直接保管在档案柜里的，而是装在一个定制的防虫樟木箱里，最外一层才是档案柜。

张羽（采访人）：你有没有看过中央文库里保存的这些珍贵的文献？

赵涓：看过很多。今天呢，我就给大家带来了其中四件：第一件是“八七会议”的会议记录。这次会议总结了大革命失败的经验和教训，为挽救党和革命做出了非常大的贡献，包括毛主席的“枪杆子里出政权”的著名思想，也是出自于这次会议的。特别要跟大家介绍的是“八七会议”的这件会议记录，实际上是出自邓小平同志的手笔，因为当时他从事的是中共中央的秘书工作。所以那一时期遗留下来的一些会议记录，有的是出自他的手笔。第二件档案是周总理的手迹，这件档案形成于1927年第一次国共合作时期。当时的蒋介石大肆逮捕和屠杀革命群众和共产党员，周总理敏锐地察觉到了蒋介石的反动企图，于是他就亲手写下了关于《“迅速出师讨伐蒋介石”给中

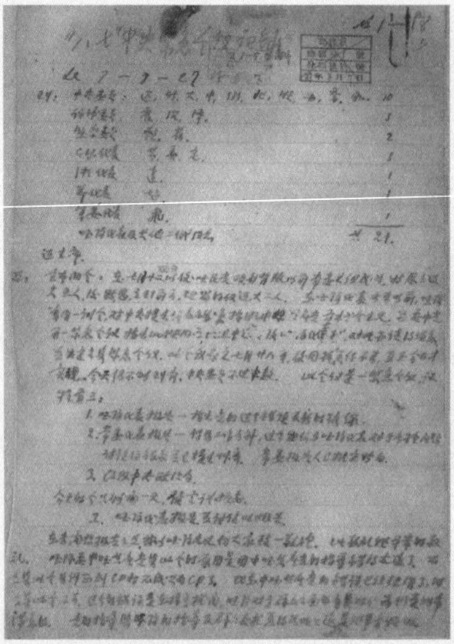

“八七”中央紧急会议记录

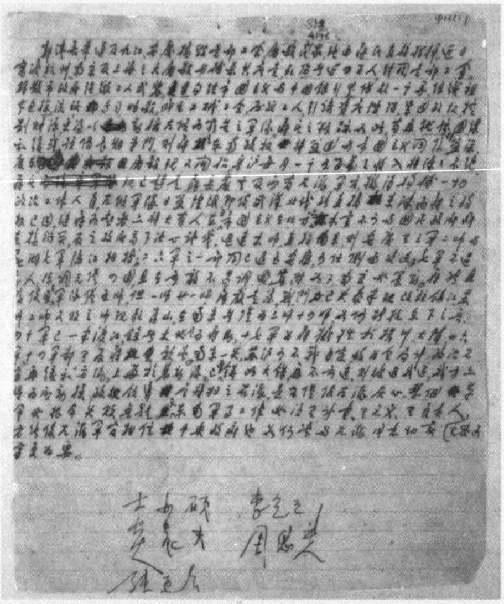

周恩来等人关于迅速出师讨伐蒋介石致中共中央的意见书（周恩来总理的手迹）

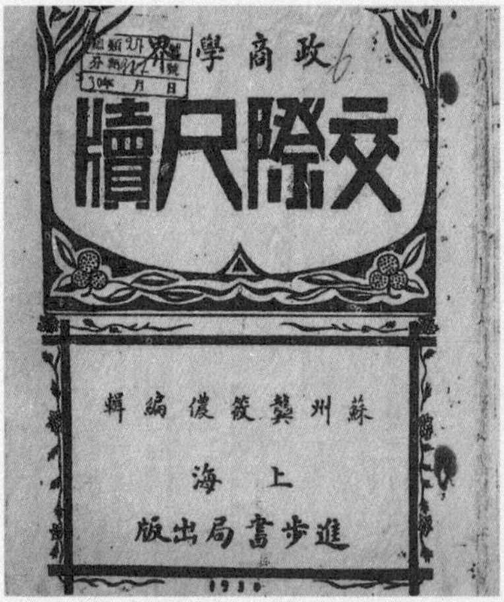

政商學

交際尺牘

蘇州龔駿儀編輯

上海

進步書局出版

伪装成杂志的中共中央的秘密文件

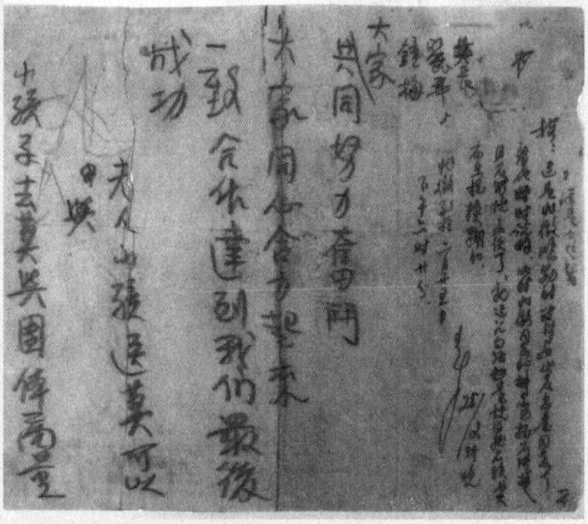

苏兆征遗书

央的意见书》。第三件档案，是苏兆征同志的遗书。我们知道，苏兆征同志是我党早期主要的领导人之一，这是他在去世之前由他本人口述，由邓颖超同志亲笔记录下来的。苏兆征同志在生命的弥留之际，他还惦记着党的革命事业。他说道："大家共同努力奋斗，大家同心合力起来，一致合作，达到我们最后成功。"这种对革命的执着精神让人动容。最后要给大家看的这件档案呢，从表面上看，它只是一件普通的杂志，但是我们翻开之后就会发现，其实它是中共中央的秘密文件。这是中央文库的一种比较常见的伪装方式，像这样的档案，在中央文库其实还有很多，集中起来有二十多箱。

张羽：那么今天我们也请来了一位嘉宾，他曾经从事档案工作30多年，有请他来给我们讲述一下，中央文库在保管过程中所经历过的艰辛历程，我们有请朱国明先生。

朱国明：大家好，我叫朱国明，20世纪80年代，我走访了当时健在的保管中央文库的英雄们。

张羽：我们刚才展示了保管员陈为人在临终前写下的《开箱必读》。当时中央为什么选中了陈为人做保管员呢？

朱国明：一个漆黑的晚上，周恩来同志秘密地来到他家，周恩来说："我是无事不登三宝殿，今天来，就是想请老兄担任一项特别的任务，就是保管中央文库。"那么周恩来为什么亲自点将，让陈为人担任这项工作呢？第一个，是因为陈为人在上海认识他的人不多；第二个，陈为人在上海有一个家庭，他的妻子韩慧英也是一位非常优秀的共产党员。所以有这么一个家庭作为掩护，对保管中央文库是非常有利的。他们夫妇俩接受这项任务以后，就马上隐蔽起来了，开了一家湘绣批发店。他以老板的身份，白天穿着很高档的服装，和客户谈论生意，到了晚上，他就关上店门到楼上亭子间开始整理文件。据陈为人的儿子陈爱仑回忆，父母常年在阁楼上生一盆炉火，这盆炉火春夏秋冬一年四季不熄灭。后来他母亲告诉他，一旦情况紧急、发生不测，他们就准备烧毁文献，宁可与文献同归于尽，也不让敌人得到一张纸片，随时做好了牺牲的准备。

旁白：一盆永不熄灭的炉火，代表了中央文库保管员们“誓与文库共存亡”的决心。然而，负责与党中央单线联系的韩慧英突然被捕，文库存放地点面临着暴露的危险。妻子被捕，与党组织失联，没有了党组织的经费支持，陈为人只能一个人承担起迅速转移文库的重任。

朱国明：他没有时间再去想如何营救妻子，第二天他就带着三个孩子，和中央文库的全部文献，搬到了一个新的地方，是一幢两层楼的单独的房子，很适合保管中央文库。但是房东开价很高，每个月要30块银元，陈为人来不及考虑了，咬咬牙就租下来了。他除了付房租，还要养活三个孩子。陈为人就开始卖家里的东西，生活非常困难，他们全家人一天吃两餐红薯粥，但是吃红薯粥填不饱肚子。有一次陈为人大儿子陈爱昆把自己碗里的一份红薯吃完了，看到锅里还有，他还想吃，如果把锅里的给他吃了晚上就没有了。陈为人说：“孩子，我们现在吃的不是饭，是点心。什么叫点心，点心、点心，只能点点心的，不能吃饱的。”孩子就问：“爸爸为什么妈妈走了以后，我们天天要吃点心啊？”陈为人回答不上来。生活的艰苦是一回事，最让陈为人牵肠挂肚的，就是文库的安全。当时家里只有他一个男主人，一个家庭如果长期没有女主人，是要被人怀疑的，尤其是在上海这么一个白色恐怖的环境下。所以他迫不得已就写了一封信，给河北家乡教书的妻妹韩慧如，要她赶快来上海看看。当年我采访韩慧如的时候，她老人家又回忆起这段经历，非常心酸，眼圈都红了。（她回忆）三个孩子穿得破破烂烂的，最小的女儿一岁半没有奶吃，哇哇地哭。她姐夫没办法，就用开水代替奶水来喂孩子，所以她说：“我怎么能忍心离开这三个没有妈妈的孩子呢？”

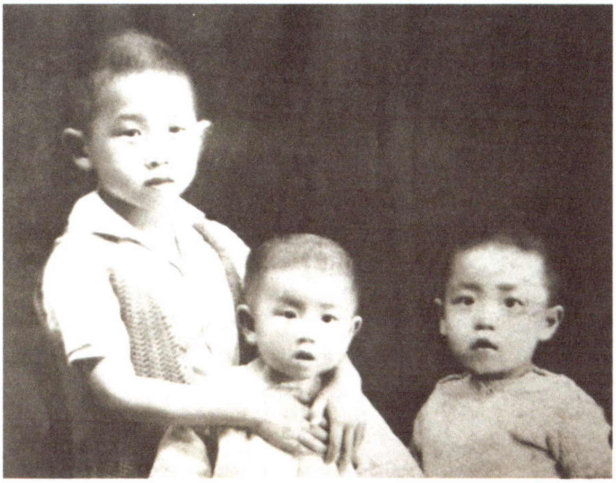

陈为人三个孩子

旁白:1936年秋天,陈为人因积劳成疾,肺病复发,已无法治愈。感觉到自己再也无力守护中央文库了,他急切地想找到党组织进行文库移交。经过多番努力,他终于和中央特科情报部门的徐强取得了联系,成功地转移了中央文库。1942年,解放前的最后一任保管员陈来生,接过了守护中央文库的重任。而此时的上海,日本侵略军已经进占租界,在敌人的层层封锁下,陈来生又是如何接管中央文库的呢?

朱国明:陈来生是1942年接到上级指示,要保管中央文库的。那么,第一步他就要把中央文库从他的前任缪谷稔家里转移到新的库址。当时陈来生他自己装扮成邮差,他叫家人伪装成跑单帮的,把一包一包的档案装进邮包里,装进面粉袋里,装在竹篮里,带领的父亲、弟弟、妹妹一家五口人,手提肩扛,绕过敌人的明岗暗哨,分从不同的路线,把这些档案送到新的库址。我采访的时候,陈来生他还带我走了这条路,大概有几公里,当年在几公里路上,随时会遇到敌人的岗哨搜查,而他们身上带着这么重要的共产党文献,随时就有掉脑袋的可能。这一个多月的搬运当中,没有一次发生意外,这说明陈来生同志他是既勇敢、又机智。

张羽:陈来生当时是以什么身份进行掩护呢?

朱国明:陈来生问他的岳父借了一笔钱做生意,开的叫向荣面坊,中央

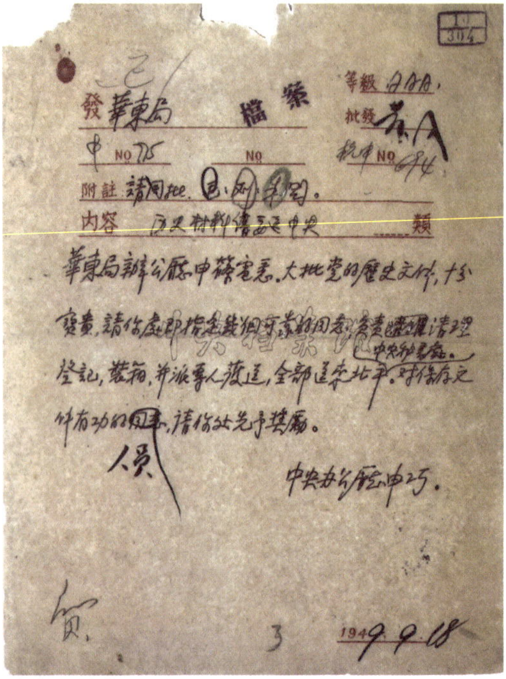

發 華東局　　檔案　　等級 AAA　批發

中 NO 725　　NO　　机中 NO 694

附註 請周批

内容

華東局辦公廳並轉宣委：大批党的歷史文件，十分寶貴，請你處即指定幾個可靠的同志，負責清理登記，裝箱，并派專人護送，全部運來北平。對保存文件有功的人員，請你處先予獎勵。

中央办公厅申巧。

1949.9.18

对中央文库保管员的表彰令

文库就藏在面坊的阁楼上。阁楼两边墙壁做成夹层，文件就放在夹层里面，外面做了伪装，一点都看不出。这是解放以前中央文库的最后一个库址。

旁白：1949 年 9 月 14 日，守护中央文库长达七年之久的陈来生，把夹墙里的 104 包档案拿出来，装在一辆脚蹬车上。他亲自押车，从成都北路门面坊，到江西路上海市委组织部，将档案一包包转交。经过清点，这 104 包档案没有受到霉烂、虫蛀、鼠咬等半点损伤。这些保存完好的档案，凝聚了陈来生全家人的心血。陈来生的亲属们并不是共产党员，但他们都在拮据的生活中，冒死守护党的机密。9 月 18 号，毛泽东、周恩来、刘少奇、朱德同志，批阅签发电报，对保存文件有功的同志予以奖励。为了表彰对于保管中央文库有功的保管员亲属们，毛泽东特意将有功的“同志”改为有功的“人员”。104 包档案，见证了中国共产党秘密斗争史上的一个奇迹，也铭记着为保管中央文库付出心血的所有英雄。是他们，守护了中国共产党的珍贵记忆，履行了中国共产党人的使命担当。在一代代中央文库保管员的前赴后继中，中国共产党人“舍家为国，不怕牺牲”的革命信仰得到了传承，激荡出中国共产党无往不胜的磅礴力量。

◎赵涓的回信

尊敬的保管员前辈们：

我是中央文库现任保管员赵涓。《开箱必读》已拜读，我以现任保管员的身份，向你们报告：中央文库在1959年中央档案馆建馆时，即作为最珍贵的馆藏接收进馆。它们在恒温恒湿的现代化档案库房里，用无酸纸袋逐一装好，放在特制的防虫樟木箱中，非常安全。同时，告诉前辈们一个好消息，现在这些档案文件，已经全部完成档案数字化工作，以数据的形式永久保存了下来。

作为一名年轻党员，能够成为我党早期记忆的保管者，我深感荣幸之至。在这里，我可以从革命先辈的遗梦里，找到中国共产党人的初心，感受中国共产党人的执着信念和革命热情。我总能在这些文件里，看到前辈们的模样。我看到陈为人前辈，忍着剧烈的咳嗽，趁着昏暗的灯光，分类整理、誊抄目录的仔细。还看到陈来生前辈，在敌人明岗暗哨间一遍遍穿梭，只为将中央文库转送到最安全的地方。感谢你们，是你们舍生忘死的守护，呕心沥血的保管，才换来今天我们党历史的永久留存。时代在发展，档案工作者一直在传承革命先辈的崇高精神。为管理好档案，发挥好档案对历史负责、为现实服务、替未来着想的功能，而努力奋斗。请各位前辈放心，我会继续履行保管员的使命，我们会继续传承守护的使命。

赵涓

写于中央文库建立后的88年

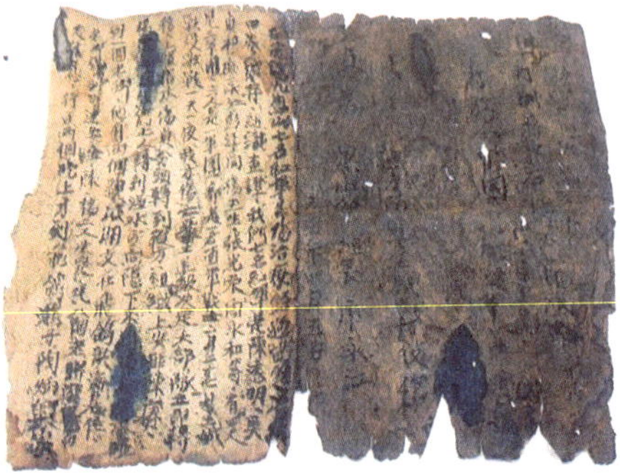

土城战役红军手迹

红军手迹

“土城战役红军手迹”讲述的是一段鱼水情深的军民故事。从土地革命战争时期，井冈山老百姓拆下自家门板给红军战士做床；到强渡乌江时，百姓帮红军扎竹筏、搭浮桥；从抗日战争时期依托老乡建立的一个个敌后抗日根据地；到淮海战役时，百姓用小推车给解放军送补给，用乳汁救伤员……谱写了许许多多军爱民、民拥军的动人篇章。正是人民军队与人民群众的鱼水情深、彼此守护，才使中国革命走向了最终的胜利。

1935 年 1 月 28 日，红军长征途中的重要战役——土城战役打响。一场恶战下来，红军队伍中增加了大量的伤员，为了让受伤的红军战士能够得到及时的救治，上级决定将伤员就近安排在老乡家中养伤，其中，有 7 名红

七位红军治伤的寺庙

军战士在陈赓、杨得志等人的护送下，被送到了老乡唐树田的家中。在老乡们的悉心照料之下，两个月后，大部分战士的身体基本康复，他们准备重返红军队伍。临别前，他们给唐树田留下了一封特殊的书信。

这封书信写于1935年，但是被世人所知已是70年之后。2005年，当初与父亲一起每天给战士们送米送菜送药的唐安华，此时已经是一位年近八旬的老人。他在儿子的陪伴下，把这封保存了大半个世纪的手迹，捐献给了重庆三峡博物馆，最终这封土城战役红军手迹，被确定为国家一级文物。还有一个人，他在得知这一消息之后，更是激动不已，因为他父亲的名字就出现在了这封手迹之中。

红军战士留给老乡的证明信（节选）

在飞鸽九凤山，七名红军养伤治疗的经过，在唐树田家人保存。组织查证，我们七名红军是：陈元明、吴贞和、廖永江、彭迁高、杨玉生、张光荣、周永和。土城战役激战一天一夜，我方伤亡严重，上级指示伤员分头转移到后方，送我们到四川唐树田家。唐树田老人有个儿子叫唐安华，父子两人，每天换着给我们送米送菜送药。到四月五日，大多数同志伤已治好，只有吴贞和同志伤还未好，组织决定把他留下来继续医治。我们七人在此历经了六十多天，唐树田老人一文钱都不要。四月五日凌晨，分别走时，大家都掉泪哭了。我们七名战士都说，一定回来看望老人，组织再三感谢。故写下此文字依据，留给唐树田老人保留，组织查证。

地点：洪海唐树田父子家中。

党小组全体同志通过。

一九三五年四月五日晚　红一方面军土城战役伤员党小组

对话

吴炳银（左） 唐文祥（右）

张羽（采访人）：后来您父亲的伤养好以后，离开了老乡的家，有没有再去见过当时给他疗伤的老乡呢？找过他们吗？

吴炳银（红军吴贞和的儿子）：找过。但是他走到唐家之后，没有见到唐家的人，我父亲就留下一个地址，是让唐家人收到他的纸条之后能够与他取得联系，联系之后他一定会到唐家去感谢他们一家人。

张羽：后来也没有音讯，也没有见到唐家人？

吴炳银：以后就一直失去了老乡这方面的联系。我父亲一直念叨这件事情，在当年白色恐怖之下，讲到红军，被国民党知道是要杀头的。老乡们是冒着生命危险，来救助红军的伤员。当时一共有七个伤员，我父亲的伤是最重的，就是因为唐家的救命之恩，他才能够活到现在，所以后来一直没能联系上的事情，也成了他临终之前的一个心结。

旁白：简单的心愿，成了老红军吴贞和终生的遗憾。当年两个多月的相处，让他们之间建立起了深厚的情谊。可是，跨越半个多世纪，老乡们为什么迟迟不联系吴贞和？又为什么始终没有将红军手迹拿出来呢？

张羽：下面我们有请唐家的后人，有请唐文祥先生。

唐文祥：我叫唐文祥，我父亲唐安华，我爷爷是唐树田，我今年56岁。

张羽：你父亲有跟你讲过在当初那么危险艰苦的环境下，他们是怎么来保护红军战士的吗？

唐文祥：当时我爷爷知道是红军，是自己的队伍，他不可能见死不救嘛。红军要吃饭怎么办，我爷爷就叫我父亲用一个小背篓，下面背菜背米，上面都用草盖住，就送到红军石崖寨那里去。能背去，但还进不去，要用暗号。要用石头敲三下，“咚、咚、咚”，然后红军知道了，就说小鬼来了，然后把东西拿给红军，就这样送了两个多月。

张羽：后来，吴先生的父亲特意去你们家找过你父亲和爷爷，而且留下了字条，为什么没有联系呢？

唐文祥：当时我爷爷不在家，可能是我父亲把那个纸条收拾好了，等我

吴贞和

爷爷回来拿给他看。但爷爷没有文化，我父亲也没有文化，父亲不知道这个条子的内容，他就混在一起了。

张羽：70年时间，这封信一直是怎么保存的呢？

唐文祥：红军手迹和条子，我父亲藏在烟筒里面，整整藏了70年。

张羽：他没有跟别人说过吗？

唐文祥：没有！连我母亲都不知道。

张羽：为什么呢？

唐文祥：红军写了这个条子（红军手迹），拿给我爷爷，就跟他说了一句话："如果（红军）没有得胜，你拿出来的话全家要杀头的。"所以我父亲，就一直把手迹保存到现在。

张羽：后来你什么时候知道父亲在那儿留有手迹呢？

吴炳银：是在2005年，我突然接到记者电话，他说我们发现了一个红军伤员留下的手迹，还有你父亲留下的纸条。我经过认真的识别正式确定这是我父亲的手迹。

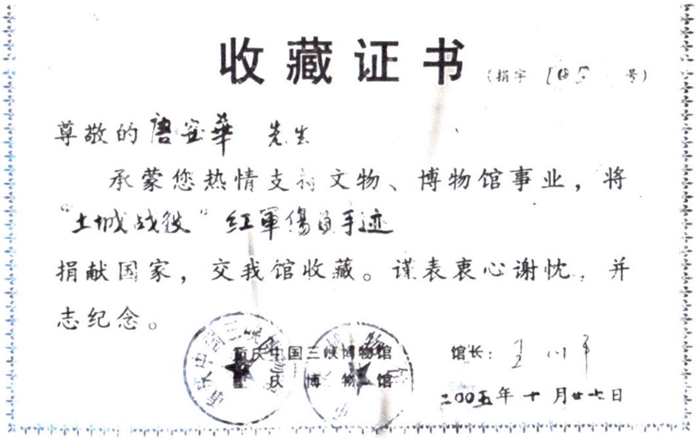

收藏证书（捐字 105 号）

尊敬的唐安華先生

承蒙您热情支持文物、博物馆事业，将"土城战役"红軍傷員手迹捐献国家，交我馆收藏。谨表衷心谢忱，并志纪念。

重庆中国三峡博物馆
重庆博物馆
馆长：
二00五年十月廿七日

博物馆颁发给唐安华的收藏证书

张羽：那时候您的父亲已经不在世了？

吴炳银：2005 年的时候，父亲已经去世 30 年了。但是，我一定要到唐家去，感谢他们一家人。当时唐树田老人已经去世了，就见到了唐树田的儿子唐安华老人，当年老人已经 78 岁高龄了，这次终于能够见面，能够站在一起握手，我们大家心情都非常激动。

唐文祥：我父亲也很激动。

◎红军吴贞和的儿子吴炳银的回信

七位红军先辈：

84年前，先辈们没能再见到当年的救命恩人，我父亲吴贞和亦是如此，这成了他一生中最大的遗憾。父亲临终之前，把要找到老乡的责任交给了我。

2005年，我和民政部门的同志，一道去了当初帮助你们的唐树田老人家里。当年那个只有八岁，晚上上山给你们送饭送药的小男孩唐安华，已经是一位年近八旬的老人了。见面后，我们激动地握手，紧紧地拥抱，他用颤抖的声音对我说："我们终于见面了，你们还好吗？"

70年后往事被唤起，老人心里还惦记着你们，挂念着你们。七位先辈，我还想告诉你们：当年你们藏身疗伤的洪海，现在已经改名叫作林海村了。当年的小村庄，现在已经重新铺上了好路。七位先辈，你们的愿望我已经完成了。

84年前，你们用一份字据表达对老乡的不舍与感谢；84年后，我和老乡们的后代又相聚在一起，重温这份浓浓的鱼水之情。愿时光不老，情谊长存！

红军的儿子　吴炳银

写于你们与老乡分别后的84年

第十章

追随，是先烈对真理的上下求索，是确定属于自己的无悔忠贞。追随需要审时度势的判断，更需要重新开始的决心。共产主义的追随者，担国家民族于肩，扛使命前行，哪怕把自己变成重塑时代的基石。

微信扫一扫，获取本章视频。

追随

跨越时空的回信

吉鸿昌戎装照

吉鸿昌

（1895.10—1934.11）

1934年11月23日，国民党北平军分会召开了一场所谓的“军法会审”，认定被告人多次煽动兵变，犯了“叛国罪”和“叛党罪”，这位被告人叫吉鸿昌。

吉鸿昌，抗日英雄、爱国将领。他18岁参军，加入冯玉祥的西北军，吃苦耐劳、骁勇善战。1927年，吉鸿昌所部被国民革命军收编，1929年任国民革命军第十军军长。本是国民革命军高级将领的吉鸿昌，却在1932年选择脱离国民党，加入共产党，并在共产党的指导下，积极开展抗日救亡运动，为抗战做出了重大贡献。

由于吉鸿昌在国民党军中威望极高，他对国民党腐败行为和对日不抵抗政策的揭露，引起了蒋介石的极大恐慌。甚至不惜采取暗杀这种卑劣手段。此次所谓审判，更是国民党反动派欲将其置于死地的最后一招。吉鸿昌当庭反驳："我是共产党员，我能够为我们党的主义、为人类的解放而奋斗，这是我毕生最大光荣。"果然，军分会当庭宣布判处吉鸿昌死刑。临刑之前，吉鸿昌提笔，给爱人写下绝笔信，嘱托后事。写完这封遗嘱，吉鸿昌从容地走向刑场，他随手拿起一根树枝，在雪地上写下了四句诗，流传至今：恨不抗日死，留作今日羞。国破尚如此，我何惜此头。在这短短的四句诗中，我们能够感受到，吉鸿昌满腔的报国热情以及壮志未酬的遗憾。面对敌人的枪口，吉鸿昌喝道："我为抗日而死，死了也不能倒下；我为抗日死，决不能背后挨枪，我要亲眼看到敌人的子弹是怎么打死我的。"最终，吉鸿昌的生命定格在 39 岁。

解除兵权、流放海外、遭到迫害都不能阻止吉鸿昌追随共产主义、坚决抗日的决心。在吉鸿昌率领察哈尔抗日同盟军攻打多伦时，由于缺少军费，吉鸿昌向妻子胡红霞提出，要将家中六万元存款立即取出。由于这笔存款，还有一两日即将到期，胡红霞提出等存款到期后，她再将本金交给丈夫，而利息可留作补贴家用。然而吉鸿昌却对妻子斩钉截铁地说："抗日军费开支，一刻都不能等。"吉鸿昌将自己的一切都献给了抗日事业，展现了他一心报国的革命情怀。在他短暂的人生中，由一个旧军人，变成了一个坚定的共产主义战士。是什么让他的信仰发生了变化？

吉鸿昌写给爱人的绝笔信

红霞吾妻鉴：

夫今死矣！是为时代而牺牲。人终有死，我死您也不必过伤悲，因还有儿女得您照应。家中余产不可分给别人，留作教养子女干等用。我笔嘱矣，小儿还是在天津托喻先生照料上学以成有用之才也。家中继母已托二、三、四弟照应孝敬，你不必回家可也。

对话

郑吉安:我是吉鸿昌烈士的外孙女,我叫郑吉安。现在是联勤保障部队所属单位的一名现役军人。

张羽(采访人):您姥爷原来是国民党的军人,而且是西北军著名的将领,后来是什么机缘,让他最终成了共产党员呢?

郑吉安:我的姥爷是河南省扶沟县人,1913年,他就参加了冯玉祥的西北军,一心要救国为民。可是他征战沙场多年,老百姓依然在水深火热之中,他的这种报国为民的信仰一直没有找到。1930年,当时他的队伍被蒋介石收编,蒋介石就派他去鄂豫皖苏区攻打工农红军,他是在那个时候才找到信仰的。因为他跟工农红军的一仗,就损失了一个团,当时姥爷的队伍几乎没有打过败仗,他就在想,是什么样的队伍能打败我?带着这个疑问,他就想走访苏区,想了解共产党。

张羽:他怎么去了解共产党呢?

郑吉安:他当时化装成商人,潜入到了苏区。到了苏区之后,他感觉到苏区的老百姓跟红军是鱼水情深。当时他看到的情景就是:送子当兵、送夫参军。所以他觉得工农红军才是老百姓的队伍。从那个时候起,他也就向往着要参加工农红军,同时他作出决定,就是再也不与工农红军开战。当时苏区流传的民谣就是:吉军来打仗,向天放空枪,走时丢武器,送给共产党。他从苏区回来,就特别迫切希望能够加入共产党。我的姥爷,在蒋介石下令让他剿共的时候,他采取的是不积极的态度。他加入共产党的想法,就被蒋介石发觉了,蒋介石就解除了他的兵权,让他被迫下野,强令他出国考察,实际上是流放国外。在国外期间,正赶上"一·二八"淞沪抗战爆发。姥爷考虑到国内的局势非常严峻,就毅然回国,他来到天津,找到了当时的中共华北局,进一步表明自己要求入党的决心。经过组织的考验,于1932年4月,他光荣地加入了共产党,由一个旧军官转变成了一个真正的共产党人。

张羽:吉鸿昌将军并没有牺牲在抗日战场上,那么他被逮捕之后,家人的情况是什么样的呢?

郑吉安:姥爷被捕之后,党组织一直想办法展开营救,但是始终没有成功。就在姥爷被捕入狱期间,姥爷和姥姥有过一次通电话的机会,当时姥爷跟姥姥交代了一些事情之后,就问道:"女儿怎么样?"那个时候我妈妈就在旁边,因为妈妈当时不满三岁,她一下子就拿过电话来,对着话筒说:"爸爸,

吉鸿昌故居

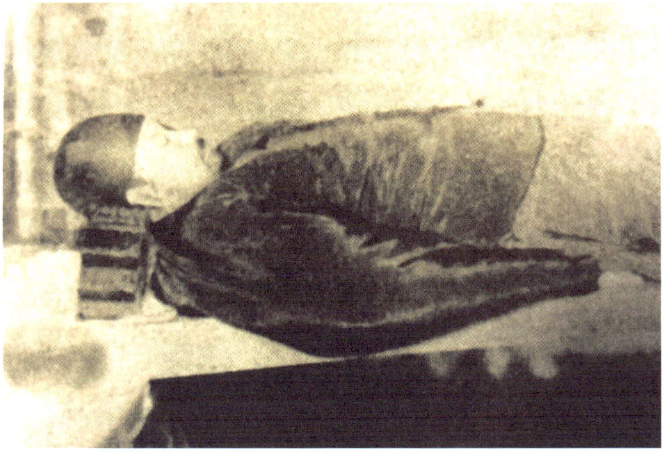
吉鸿昌牺牲后照片

你怎么还不回来呢？你什么时候回来？”当时我的妈妈，不知道姥爷被捕的事情，因为她太小，她就说：“你快回来，你快回来。”

妈妈她喊的声音越大，话筒那边越没有声音。其实后来姥姥说：“你爸爸已经哽咽得说不出话来了。”姥爷牺牲之后，因为他当时是蒋介石钦点的要执行枪决的人，所以他的遗体不能运出来。于是姥姥就把当时他们仅有的住所，地下党的同志称它为“红楼”，作为抵押，抵押了 8 万块钱，用它把姥爷的遗体赎了出来。当时姥姥虽然很悲痛，但是她特别冷静地立即请人来给姥爷拍照，现在还有那张照片。因为姥爷是迎面挨枪的，他的左眼上有一个黑洞，子弹就是从那儿打进去的。就是这张照片，我觉得，确实是把姥爷面对敌人的枪口死不倒下的那种大义凛然的形象，保存下来了。姥姥在给姥爷穿衣服的时候，发现他的上衣袋里面，有一张小字条，字条上有两行字，第一行字写的就是：不要告诉我的妻子。第二行字写的是：不要厚殓。姥姥对我们说，看完字条以后，她当时就昏过去了。

旁白：当时只有三岁的小女儿吉瑞芝，不知道自己家庭所遭遇的变故。而父亲被捕前的最后一次陪伴，让她至今难以忘怀。

吉瑞芝：爸爸带我出去买了一身新衣服，还有一双小皮鞋，他就说：“我

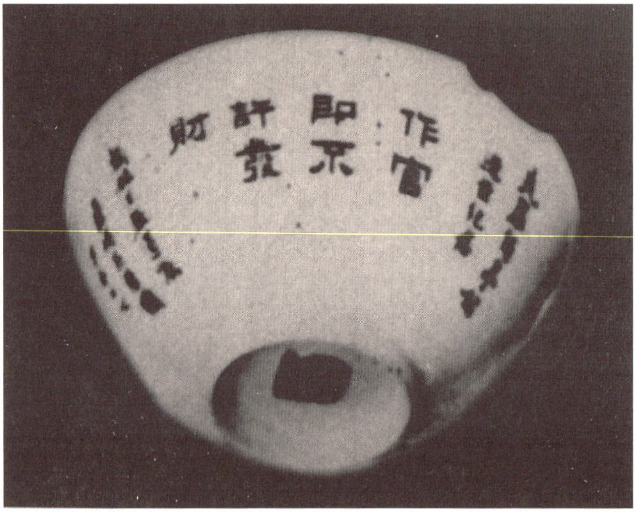

印有“作官即不许发财”的瓷碗

领着你去花园。”我们就高兴地去，可是回来就找不着爸爸了。我当时年纪小，还不懂，就天天喊着要找他，我要找那个高高大大的我的爸爸。

张羽：以后的日子是靠什么来维持呢？

郑吉安：姥爷牺牲以后的日子非常的艰难，姥姥把姥爷的这个灵柩安葬在河南老家，返回来的时候，国民党特务就来了，抓住我的姥姥，让她到大街上指认谁是地下党。但是，我姥姥从来没有指认任何人，即便是有熟悉的面孔，她都说没有，这样特务也没有办法，就把她放回家了。回到家以后，仍然躲不了他们进家的这种搜查。当时，我就记得我妈妈说，当时小的时候，只要有搜查的来，她就要躲在柜子里不能出声音。时间久了，只要听见敲门声，她就得钻到柜子里。到了最艰难的时候，她们就不得不隐姓埋名，躲藏在亲戚朋友家。当时我妈妈不敢用真的姓名，还曾一度改过姓，叫刘瑞芝，解放之后才恢复她的本姓。

张羽：吉鸿昌将军并没有给家人留下什么万贯家财，让家人去享受生活，但是他给家里人留下了一份特殊的遗产。

郑吉安：姥爷一次交党费6万大洋，能交的钱都拿出来，没有钱的时候变卖家产，唯一剩下的就是这只碗。这个看似普通的细瓷碗，实际上面有七个字“作官即不许发财”。他就把这七个大字烧在了瓷碗上，烧了五百只，发给全团官兵，就是提醒大家，做官不许发财。而且他也自己随身携带着这个碗，他要求大家做的，他率先示范，他首先做到了。他牺牲之后，这个碗就是我们的传家宝，我的姥姥、我的妈妈也都是用这只碗教育我们，一定要像姥爷那样，做一个廉洁自律的人。

◎吉鸿昌烈士的外孙女郑吉安的回信

敬爱的姥爷：

1979年长春电影制片厂拍摄了电影《吉鸿昌》，感动了全国亿万观众，那也是我第一次真正了解您，我感到特别骄傲。从小姥姥和妈妈就告诉我说，您一直有一个遗憾，就是没有穿上红军的军装。现在，孙儿替您弥补了这个遗憾。姥爷，这么多年，我一直把您当年的戎装照片带在身上，这样您就能看到我穿军装的样子了。我有很多战友后来都经商或者出国了，他们给我讲了他们的经历，我听起来也觉得很新鲜，但是他们也要我出去闯一闯的时候，我就会指着您的照片说，姥爷看着我呢，我得替姥爷把这身军装穿好。

吉鸿昌、胡红霞结婚照

郑吉安和姥姥的合影

清明节这一天，是我们家最重要的日子。最初是姥姥带着全家来看您，姥姥特别疼爱妈妈，她说妈妈长得特别像您，脾气秉性都像。后来是妈妈带着全家来看您，妈妈说，宣讲您的故事已经成为她生命中的一部分，我们作为后人，一定不能给您脸上抹黑。现在妈妈身体不太好，是我带着女儿来看您。

女儿毕业后，执意要到条件艰苦的甘肃定西支教，她说，当年太姥爷在西部战斗过，我在这里陪着太姥爷挺好的。她还去您当年驻扎的地方拍了很多照片，我和妈妈把这些照片，放到了您的墓碑上，告诉您，这些地方已经发生了巨大的变化。每次我换了军服，也会把照片放到您的墓前，敬一个军礼。我们做的这一切，都希望姥爷您能看到，当年您留下的家训，“做官即不许发财”我们一直牢记在心！我们将传承着家风，将您的精神世代相传。

外孙女　郑吉安

写于您牺牲后的85年

高捷成

高捷成

（1909.9—1943.5）

这封家信的书写者有一个特殊的代号“7号”。与他相关的还有另外一个代号“伦敦”。代号“伦敦”指的是中共曾经的绝密机构——冀南银行，这是中国人民银行的前身之一，被称作新中国金融的摇篮。“7号”就是这家银行行长的代号，这位银行行长名叫高捷成。

高捷成，我党金融事业的奠基人之一，冀南银行的首任行长。他亲手创立了红军会计工作制度。成功领导敌后抗日根据地的对敌经济斗争，为我党金融事业的建设和发展做出卓越贡献。1932年4月，毛泽东率领中国工农红军东路军攻克漳州。曾经就读于厦门大学经济系的高捷成，此时正在当地的百川银庄任职出纳。红军带来的进步思想，彻底点燃了高捷成心中

冀南银行旧址

萌生多年的报国斗志。红军撤离漳州时，他毅然决定，离开妻子和不满三个月的孩子，追随红军，加入由中华苏维埃国家银行行长毛泽民领导的苏区经济建设队伍中。

离家多年，高捷成把对家人的思念与牵挂深埋心底，全身心投入到发展根据地经济建设和对敌金融战中。日本侵略者为了套取和抢夺物资，大量发行伪钞，导致晋冀鲁豫敌后抗日根据地通货膨胀、物价上涨，人民生活苦不堪言。危难之际，1939 年 10 月 15 日，冀南银行成立，高捷成任首任总行行长，负责印造和发行根据地自己的钞票，统一货币，稳定边区金融。他带领银行人员不分昼夜穿梭在太行山的大山深处，与敌人展开激烈的货币斗争。行无固址随军游，工无桌椅在炕头，有事即办无日夜，钱账随身安无忧。这是抗战岁月里，"马背银行"的真实工作状态。虽然敌人数次封山扫荡，但大田斗娜可做为初步阶段的结束，但是主要的抗战救国正在开始呢，所以才抽出一点工夫写信来拜候你大人。

我现在陕西省[redacted]延安府的商会驻，在外并未建置家庭，但个人独身精神上尚可安乐！至于详细情形，你们来信时，我下次再谈。

我极在迫切须要知道的：我的父亲添和母亲是否仍在健康？以及位兄弟捷元、捷三、捷升、捷绍、捷通等是否安居乐业，家庭变幻情形怎样？百川银庄发展扩大否？东华园经营兴旺否？高广发高公记之宝号怎样？建东、建池、建华以及弟们近来长大成人，想很进步！叔母大人健康否？李石虎、蔡师竞二世叔大人近来安康否？我的内室秦庭改嫁否？我的小儿活泼否？

我所欠的百川银庄二万多元的债，时刻记念在心，本利如今当在三万之多，国家得救，民族得存，清偿还利当不短欠分文，请勿挂念怨恨，谨此专达，敬请

商安！

附来像片两张，请转一张给我家，给一张敬献你大人存念，

不肖孩荡寇侄 高捷成

民國廿六年四月十日

開國宗叔大人台鑒：

請你接信後，我自從「九一八」東北事变，「一二八」上海抗战之後，悲憤交集，誓不求中華
寄个火速的給我
教言。
民族之解放，當不為中華民族黄帝子孫之一人！決心從戎，於是倉卒
離家，一切骨肉親戚朋友無暇顧及辞别，至今思維尤為抱歉！
民國廿一年三月間離鄉，倏忽于今已有六年了，在這六年中東西奔波
南北追逐，應盡一切千辛萬苦，雪山草地，萬里長征，在所不辞！無非為的
是挽救國家的危亡！志向所趨，海浪風波在所難阻！不過從未沒有偷閒
奉候，音訊毫無，自然未免見怪於諸大人親族朋友，或以為我這個不肖
高家浪蕩子弟，棄家離倫，不孝不義了吧。我还記起將臨走的時候
曾留一信給你轉寄於我的父親云：「我要和你們離別了，或者是永遠離別了
我不掛念家庭，希望家庭也無須掛念于我！」這是從我的決心，這是救
國抗战為國犧牲坚决的立志！救國才能顧家，國亡家安在！而不是断绝人
倫的無條件的棄家而不顧！想或可有以原諒于我吧！？至今我的艱苦

由于军民同心,加上印钞厂选址分散,地势险要隐蔽,冀南银行仍在战火纷飞中岿然不动。银行发行的冀钞,在包括太行、太岳、鲁西在内的整个晋冀鲁豫边区流通使用,成为晋冀鲁豫边区的法定本位币,稳定了人民生活。而身为冀南银行行长的高捷成,早已是敌人的眼中钉。1943 年 5 月 14 日,由于汉奸告密,高捷成在河北省内丘县白鹿角村遭遇日军突袭,身负重伤。生死攸关之际,高捷成命令战友带着银行文件先走,并叮嘱一定要保住银行的机密文件,这比什么都重要,高捷成与敌人战至最后一刻,壮烈牺牲,年仅 34 岁。高捷成离开家的第六年,才给家里写了第一封信。

几乎掌管整个晋冀鲁豫边区金融业务的银行行长,不仅没有留下任何遗产,反而留给家人一笔两万多块银元的债务。当时他在家乡每个月有 20 银元的工资,一个月的开销两三块银元已经足够,没有不良嗜好,没有巨额开销的高捷成为什么会欠银庄这笔巨款?那么,对于这个弃家不顾的"浪荡子",家人是什么样的态度呢?他在信中提到的两万多元的外债,是否最终还上了呢?

高捷成写给家人的信（节选）

开国宗叔大人台鉴：

民国二十一年三月离漳，倏忽于今已有六年了。在这六年中，东西奔波，南北追逐，历尽一切千辛万苦，雪山草地，万里长征，在所不辞！无非为的是挽救国家的危亡！志向所趋，海浪风波在所难阻！不过从来没有备函奉候，音讯毫无，自然未免见怪于诸大人亲族朋友，或以为我这个不肖高家浪荡子弟，弃家离伦，不孝不义了！这是从戎的决心，这是救国抗战为国牺牲坚决的立志！救国才能顾家，国亡家安在！而不是断绝人伦的无条件地弃家而不顾！想或可有以原谅于我吧！我极在追切须要知道的：我的内室弃庭改嫁否？我的小儿活泼否？我所欠挂百川银庄二万多元的债，时刻记念在心，本利至今当在三万余。国家得救，民族得存，清债还利当不短欠分文，望勿挂念、怨恨。

民国二十六年四月十日　不肖浪荡宗侄高捷成敬上

对话

张羽(采访人):对于这个弃家不顾的“浪荡子”,家人是什么样的态度呢?他在信中提到的两万多元的外债,是否最终还上了呢?让我们一起有请回信人。

高庆麟:大家好,我叫高庆麟,是高捷成的孙子,现在在人民银行工作。

张羽:在信中,他还提到欠了两万多元的债务,那么加上利息已经达到3万多元,是一个巨额债务,这个债务从何而来呢?

高庆麟:这笔债务,是在百川银庄工作期间的时候欠下的,当时他(高捷成)走了以后,钱庄的人就找上门来了,说高捷成人走了,但是这笔钱你家里头必须给还上。家里头听到这个情况的时候,开始真的是不相信在他身上会发生这种事情。但是银庄里头的老板,也是我爷爷的叔叔,来说明这件事情。那么,我太爷爷看了这些情况之后,我们家里头也认了这笔债。一开始家里人并不知道,这笔款项它去了哪里,直到有一天晚上的时候,我爷爷的一个堂弟到家里头来了,告诉了我太爷爷,这些钱都拿去资助红军了。当时在漳州,有一支红军的游击队,在某次战役中,这支游击队没有打胜仗,而且好几个人受伤了,爷爷看到这种情况也是心急如焚。平常他工资比较高,有时候会资助游击队一些，但是这些钱也还是不够，就从他掌管的钱庄里头支用了一些款项。就是在这段长达一两年的时间里，爷爷欠下了两万多元的债务。

旁白：离家后，对家人的担心与愧疚，时刻充满在高捷成的内心。所以多年后，寄回家的第一封信中，高捷成特地主动向宗叔保证，待革命胜利时，这笔欠款必当清债还利，不短欠分文。这是他敢作敢当的态度，也是希望银庄人，看到自己坚定诚恳的表态后，不要太过于为难家人。而面对被自己连累的家庭，高捷成不止一遍地急切解释自己的报国志向，恳求家人对自己的谅解。

张羽：那么家人在知道真相以后，是什么态度呢？

高庆麟：像太爷爷就说：我儿子是好是坏，他自己清楚，这笔钱，他（高捷成）是用于资助红军去了。那么他（太爷爷）就不怪自己儿子。家里头原来也经营有一个不错的鞭炮厂，购置了一些房产还有田地的，那么这个时候，他们就变卖成现款，去还了这笔钱。这也是表达对孩子这种行为的一种理解和支持。但是呢，就是这笔钱数目还不够还债，奶奶还要做工，她自己兼着做了好几份工，经常做到深更半夜，做到很迟，然后把赚来的钱，一边补贴家用，一边继续还他没有还掉的那部分债务。

我爷爷曾给银行的职工讲："我们一切要有战争的这种观念，我们的印钞也要像打仗一样的。"所以他们选择的印钞基地是放在太行山的深山里面。这个是它（印钞厂）所在地的宽嶂山，这座山两边是悬崖峭壁，能进去的就只有一条小路，还有这上面的一个高山碉堡，这个碉堡是左权副参谋长等人设计的，由129师工兵连施工的，这个地方可以驻守一个班的兵力。由此来构成了当时防守太行山的整个金融基地的第一道防线。

高庆麟：我奶奶，就一直珍藏着那封信，等着我爷爷，但是，一直等，等到

冀南银行印钞厂所在地宽嶂山

了 1949 年，漳州解放了，还没有等到我爷爷的消息。直到 1951 年，中央人民政府内务部部长谢觉哉，找到家里头来了，我奶奶才知道，早在 1943 年的 5 月 14 日，我爷爷已经牺牲在太行山了。所以奶奶听到这个消息，她当时就晕过去了，晚上一直是以泪洗面，后来经常哭，哭到后面把眼睛都给哭坏了。

张羽：家里人为什么这么晚才知道爷爷牺牲的消息呢？

高庆麟：因为他当时参加红军的时候，是处于一个白色恐怖的时期，为了保护家人，当时走（参军）的时候，他在履历表里填写的籍贯和出生年月都有不准确的，组织上在找的时候，先去找到厦门去了，这个就颇费周折。最后往周边找的时候，然后才找到漳州这边来，我想这也是我爷爷，对这个家，他有一份深深的牵挂。当时刚刚解放不久，政府发了一笔 3000 块的抚恤金，奶奶把这笔款都捐献给国家了，当时日子也并不是很好过，但她说国家当时还很贫穷，给国家有更大的用处。

◎高捷成的孙子高庆麟的回信

爷爷：

您一直牵挂的百川银庄那两万多元的欠款，家里人替您还清了。那个时候您一个月的工资20元，两万多元相当于您近一百年的工资，太爷爷决定替您还债，可还是还不清，所以全家为了躲债经常搬家。但太爷爷说："要不短欠分文，我们不管多难，都要帮他实现。"

爷爷，这个家真的多亏了奶奶，您离家不归，奶奶没有一句怨言。靠着缝补手工活，一边补贴家用，一边替您还债，直到新中国成立前，才彻底还清。爷爷，您的这封信她用塑料纸包好，锁在柜子里，经常拿出来看一看，好像是在和您说话。她说，留着信，也就留着您回家的念想。那年得知了您牺牲的消息，奶奶一下子就晕过去了，后来她一直哭一直哭，把眼睛都给哭坏了，连手工缝制活都没有办法继续做下去。但每次组织上有同志过来，要为她解决生活困难，奶奶都谢绝了。她还在自己的名字前，加上了您的姓氏，改名叫高蔡宝，就是为了想着您。

爷爷，奶奶是在2009年走的，她走之前，让我给她读了一遍您的那一封信，这是您留给她的最后的记忆，她真的为您守了77年的家，这次见面，好好抱抱奶奶吧。爷爷，当年您创建的冀南银行，如今已经发展成了中国人民银行。爷爷您知道吗，当今中国已经成了世界第二大经济体。您所热爱从事的金融事业，如今已长成了参天大树，为中国经济注入了强大活力。孙儿我现在也在银行工作，继承了您的事业。听到这些，您是不是感到很欣慰呢？放心吧，爷爷，咱们一家人的日子过得越来越红火，国家也越来越富强，以后孙儿有更多的好消息会告诉您。

您的孙儿　高庆麟

写于您牺牲后的76年

第十一章

赤诚，这是革命者对于信仰最直接的表达，也是爱国者对国家最真挚的情感。赤诚，存在于战场杀敌，也存在于人心鼓舞，一次演讲或者是一串音符，与硝烟炮火凝聚成中国不能亡的共同吼声。

微信扫一扫，获取本章视频。

赤诚

跨越时空的回信

冼星海

冼星海

（1905.6—1945.10）

今年是《黄河大合唱》延安首演 80 周年，这首以黄河为背景的歌曲，在抗日战争期间被广泛传唱，鼓舞着全国人民把侵略者赶出家园。这不朽旋律的创作者就是毛泽东主席亲笔题字的“人民的音乐家”冼星海。

冼星海，巴黎音乐学院高级作曲班的第一个中国人。1935 年毕业之后，他本可留在巴黎，但面对正在遭受列强欺凌的祖国，澎湃于心间的赤诚爱国情怀让冼星海决定回国，将音乐作为武器加入为民族求生存、为国家求独立的抗战洪流中。1937 年，淞沪会战爆发，冼星海参加上海话剧界战时演剧二队，离开上海奔赴敌后进行抗日文艺宣传。他把音乐变成冲锋的号角，发出了不做亡国奴的民族呐喊。但在抗战救国的热潮当中，每当夜深人静，他总会想起独自把自己拉扯大并启蒙自己音乐之路的母亲。1937 年 12 月 31 日，冼星海在深夜提笔给母亲写下了一封信。1938 年，冼星海接到了延安鲁迅艺术学院的邀请，来到了延安。这里虽然物资匮乏、条件艰苦，但随处可以见到朝气蓬勃的青年自己动手，开荒种地。在清凌凌的延河边学习革命的真理，研讨解放的道路，延安人民高昂的革命斗志、热烈的学习气氛深深感染了冼星海，他有生以来第一次呼吸到这样新鲜的空气，感受到革命大家庭的温暖。1939 年 5 月，冼星海提交了自己的《入党申请书》，写道："中国共产党是全国唯一最进步的党，是无产阶级的政党，是坚持抗日抗战到底的党，我像许多青年人一样愿意把自己献给党。"1939 年 6 月 14 日，冼星海成了一名光荣的共产党员，他的作品从此更加紧密地和人民联系在了一起。在延安，信仰的光辉照亮了冼星海的艺术道路，创作出像《黄河大合唱》等一大批传唱至今、振奋民族精神的不朽音乐作品。在女儿八个月的时候，他受中共中央的派遣，去苏联为《延安与八路军》这部电影进行音乐创作和后期制作。苏德战争爆发以后，交通受阻，他多方渠道未能回国。1945 年 10 月 30 日，冼星海在异国他乡病故。

"我是一个音乐工作者，我愿意担起音乐在抗战中伟大的任务"，这是冼星海心中一个音乐工作者在抗战时所应负的使命。《黄河大合唱》《在太行山上》《二月里来》这些不朽的旋律，至今依然回荡在我们的心间。战士未必拿枪，音乐也是武器，冼星海为什么在淞沪会战之后离开了安逸的上海呢？

冼星海写给母亲的信（节选）

亲爱的妈妈：

我是在上海开火后五天，离开那素称安逸的上海的。从出发到今天，已经是整整四个多月了。100多天的旅程，国土又不知沦陷多少，同胞又不知被屠杀多少，但我们并不悲观，我是一个音乐工作者，我愿意担当起音乐在抗战中伟大的任务，希望用洪亮的歌声震动那被压迫的民族，慰藉那负伤的英勇战士，团结起一切苦难的人们。我要做个生在社会当中的一个救亡伙伴，而且永远地要从社会的底层学习。为了中华民族的生存，希望一切的母亲们和儿子们都勇敢地向前，中华民族解放的胜利，就是要每一个国民贡献他们的纯洁的爱国心，同心合力在民族斗争里产生一个新中国。再见了，孩子在征途中永远祝福您！

一九三七年　冼星海写给母亲

对话

张羽(采访人):下面让我们有请回信人,有请。

冼妮娜:大家好,我是冼妮娜,是冼星海的女儿,今年 80 岁了,我在图书馆工作到退休。

张羽:欢迎您,请坐。当时您的父亲在上海,一方面给电影谱写配乐、配曲,同时已经开始写一些进步歌曲了?

冼妮娜:1935 年,我父亲从巴黎音乐学院毕业以后,回国他就开始写抗日救亡歌曲,写了《救国军歌》,就咱们知道的"枪口对外、齐步前进",他说他到巴黎去学习音乐,是为了拯救危难中的祖国,要用音乐为武器号召全国的人民起来共同抗日。

张羽:他离开上海之后,是跟随着移动演剧第二队进行巡回演出,当时的情景是什么样的?

冼妮娜:上海话剧界战时移动二队,他们在唱歌过程中宣传抗日。队里就有洪深、有金山、还有田方,到哪个地方去演出,他们都会即兴地编一些作品来配合抗战的宣传。我父亲到了一个地方,他就找两三个群众,就教他们歌,一唱歌聚居的人也就多了,几个、十几个、二十个,有时上百个,人家说哪里有歌声，哪里就有星海；星海在哪里，歌声也就带到了哪里。

冼妮娜：当时抗战的形势下，他的创作欲望是很强烈的，这个时候他就开始创作《黄河大合唱》，正好是有一个时机，光未然先生因为手臂负伤到延安去治伤，我父亲就跑了十几里山路去医院看望光未然先生。在初七的一个晚上吧，开了一个小型的联欢会，最后一个节目是光未然先生的朗诵。朗诵的是他为自己1928年、1929年两次渡过黄河的情况，还有所见所闻写成的一首长诗，朗诵到最后，我父亲急不可待地上前，握着光未然先生的手，就说："我有把握将它谱好。"3月26号到3月31号，用了六天六夜的时间，把含有八个乐章的《黄河大合唱》在窑洞里谱完了。

旁白：六天六夜的创作，冼星海的赤诚之心在笔尖涌动，汇聚成了《黄河大合唱》这一不朽旋律。可在延安演出《黄河大合唱》并不容易，当时延安只有三四把小提琴，冼星海只能把20多把勺子放进一个大号搪瓷缸里用力摇动，模拟呼啸奔腾的黄河浪涛。1939年5月11日，冼星海在鲁艺延安党校大礼堂亲自指挥《黄河大合唱》，在激昂的合唱和乐声中，冼星海激情澎湃地指挥着，唱到《保卫黄河》时，冼星海突然来了个转身，指挥台上台下一齐高唱，顿时全场沸腾！

冼妮娜：这个演出进行完了以后，那个热闹就别提了，在延安的中央领导都去观看了，毛主席高兴得不得了，就拍巴掌，拍手还不过瘾就把两个手放到头上拍，好啊好啊好啊，说了三声好。美国记者斯诺看了以后就说这是世界上独一无二的、中西合璧式的乐队。演出成功了，我父亲也就含着泪向观众致谢。

张羽：通过这次演出，《黄河大合唱》就传唱全国，成了中国人民抗日救亡的战斗歌曲？

冼妮娜：是，从延安鲁艺传出来，整个解放区和敌占区，大江南北都传开了，在当时抗战时期，没有一首歌像《黄河大合唱》这样传播得这么广，这么

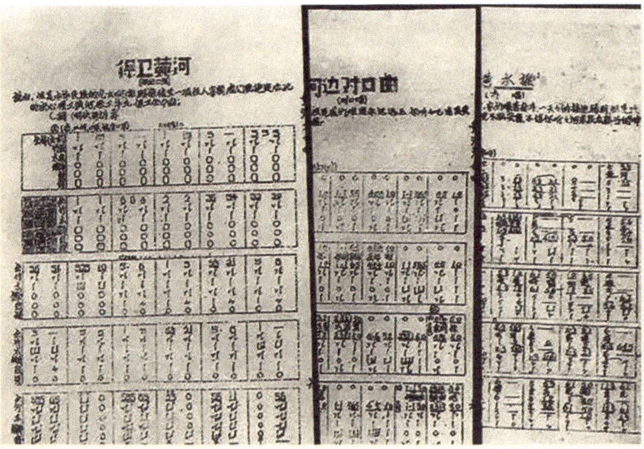

《黄河大合唱》手稿

多人来演唱。周恩来同志就说:“为抗战发出怒吼、为大众谱出呼声。”我父亲把音乐当成武器来参加抗日,用歌曲抒发他对祖国、人民的热爱,把冰冷的乐谱变成温暖的纽带,把人民团结起来,团结在共产党的周围去抗日。他对敌人是非常憎恨的,就想把乐谱变成一颗颗子弹射到敌人的胸膛。

张羽:您父亲是一个伟大的音乐家,您跟他相处的时间长吗?

冼妮娜:我和他相处只有八个月的时间,到八个月的时候,他就受中共中央的派遣到苏联去为《延安与八路军》这部电影进行音乐创作和后期制作,就离开了延安。去的时候,一个记者为我们全家拍了唯一的一张照片,毛主席设了一个便宴请我父亲到他们家,然后就拉着我的小手说:“妮娜你快快长大吧,看看爸爸就要走了。”当时我也不懂,我们也不知道这就是和父亲的诀别。后来苏德战争爆发以后,交通受阻,他多方渠道未能回国。1945年10月30日,他在异国乡病故了。

张羽:您妈妈当时听到这个消息是什么状况呢?

冼妮娜：当时何露阿姨就到我们家里，我正在家里玩，我妈妈给我父亲打一件毛衣。何露阿姨就说："韵玲，你这是给星海打的毛衣吗？"她说："是啊，他离开延安这么多年了，衣服肯定都破了，他要回来了，天也冷了，就给他再打一件毛衣好有更换。"何露阿姨说："韵玲你不要打了，星海走了。"当时我妈妈就昏过去了，何露阿姨就叫："韵玲、韵玲，你怎么了？"后来我就从外头跑进来，也就知道这个消息了。后来开了一个追悼会，当时在延安的中央领导同志都出席了，毛主席就写了一个挽词"为人民的音乐家冼星海致哀"。

旁白：冼星海的一生短暂而耀眼，很多作品成为不朽的时代记忆。但对女儿冼妮娜来说，父亲冼星海却是在自己8个月时就离开的模糊身影，冼星海在苏联病逝后，即使日夜思念，父亲的遗体却一直躺在冼妮娜触摸不到的异国他乡。1983年，在与父亲分别43年后，冼妮娜终于以另外一种方式与

冼星海一家唯一合照

父亲再次相见。

冼妮娜:我记得那天是1983年1月25号,我和我妈妈到了首都机场去迎接,一些延安的老同志还有音乐界人士等都在那儿迎接,飞机在慢慢的降落,我妈妈在我耳边就说:“妮娜,你爸爸回来,你赶紧上前去迎接。”我当时都木了,后来把两个手伸出来抱那个骨灰盒,当时我就想,我父亲走的时候虽然我是八个月,但是听我妈妈说,听着他的学生说,他是怎么样的一个人,但是现在回来的是冷冰冰的一个大理石的骨灰盒。我就拼命抱着那个骨灰盒,骨灰盒是大理石的,是非常重的,后来我就唯恐把那个骨灰盒给掉下来,就拼命抱着,抱着那个骨灰盒,我爸爸总算回来了,回到他热爱的祖国来了。

◎冼星海的女儿冼妮娜的回信

亲爱的爸爸:

今年是《黄河大合唱》在延安首演80周年,当年您用六天六夜创造出来的这部作品,早已传遍了大江南北,如今这首歌又跨越了国界,传遍了全球有华人的地方,成为国家认同、民族认同的情感的纽带。就连“嫦娥1号”卫星上天都带去了《黄河颂》,让您创作出来的歌声回荡在整个宇宙,您在天堂有知应该能够听到。

妈妈在我很小的时候就给我唱《黄河大合唱》,妈妈说这是您一生的荣誉,也留下了您一生的遗憾。1941年,您在莫斯科重新编配了以交响乐队演奏的合唱总谱,但是因为当时生活动荡,远离祖国,没有办法进行试奏和修改,这一部分内容后来也没有人再来做进一步的整理。妈妈希望我以后能完成您这个遗愿。很遗憾,爸爸,我没能继承您的音乐天才,我不懂音乐、不识乐谱,但我仍然决定弥补您的遗憾。我找了一位音乐老师帮助我,花了8年时间整理好了一本《黄河大合唱》,虽然很辛苦,但是我觉得,这是真正地走进您、认识您的开始。在我八个月的时候您就离开了我,您甚至都没有听过我叫您一声“爸爸”。有时候,我整理着整理着就会停下来,拿着你的照片静静地看,爸爸,您为什么不能来抱一抱我,为什么不能等我叫您一声爸爸呢?

2019年4月13日,为纪念《黄河大合唱》诞生80周年,4位不同时代的黄河大合唱的演唱者,又重新演绎了您这部作品,当年第一次公演时的合唱队的成员今年都98岁了,还有97岁的抗敌演剧二队的老队员,一起又一次把延安鲁艺的黄河大合唱精神重新地唱响了。

爸爸,如果您还在,能一起参加再重新指挥一次那该多好啊!爸爸,您虽然很早离开我们,但因为这部作品,您的名字一直被镌刻在国家记忆中,您热爱的人民永远怀念您!

想念您的女儿　妮娜

写于您离开后的74年

闻一多

闻一多

（1899.11—1946.7）

一篇篇诗文，像极了战斗的檄文，他用文字的魅力和语言的力量呈现中国人应有的气节，他就是闻一多。

闻一多，湖北人，著名爱国诗人、民主革命战士。抗战时期，闻一多怀着赤诚的报国之心，从长沙出发，步行了3000多里，前往西南联大任教。一路上，他亲身体会了战争年代百姓的疾苦，更期待着战乱能早日结束。抗日战争胜利后，国民党反动派不断制造冲突，挑起内战。闻一多响应中国共产党的号召，积极投身“要和平、反内战”的民主抗议活动中，他用一篇篇战斗檄文和激昂的演讲，揭露国民党反动派的卑劣行径，因此他被反动当局列入了“暗杀黑名单”。

1946年,深知处境危险的闻一多,决定让孩子们先行离开昆明,为了不让中转重庆准备前往北平的两个儿子担心,闻一多写下了一封信。但在1946年7月11日,也就是写信后的17天,民主斗士闻一多,为革命洒尽了最后一滴血。闻一多牺牲的消息震动了全国,毛泽东主席和朱德总司令从延安发来电报,慰问闻一多的家人,全国各地纷纷举行追悼会,慰问信如雪片般从各地寄到昆明,举国哀悼。闻一多的一生,无论是早年创作的爱国诗篇,还是后来对中国文化的深入研究,直至走出书斋投身革命,都展现出他对国家和民族深深的热爱。

1946年7月11日,著名民主人士李公朴被国民党特务暗杀,消息一出举国震惊,闻一多推迟返回北平的时间,不顾家人和朋友的劝阻,毅然出席李公朴先生的追悼会,悼念活动现场,闻一多发表了著名的《最后一次讲演》,痛斥国民党反动当局的独裁统治、滥杀无辜。然而此时,一场针对闻一多而精心策划的谋杀已经展开。闻一多的两个儿子闻立雕和闻立鹏,怎么也不会想到这封期待着一家团聚的家信竟成了绝笔信。

闻一多写给两个儿子的信（节选）

雕、鹏：

鹏的信和许先生的信同时收到，知道你们有机会早飞北平。这机会千万不要失掉，如果无内战，以往飞机当然就比较容易找，我们便尽早飞北平。如果有内战，我们恐怕短期无法飞来，那么你们孤独地留在重庆，便不是办法。大妹、小妹都天天吵着要早来，其实我也有愿意早来的心事。你们放心，我是不会放弃早来的机会的。我这几天特别忙，一半也是要把应办的事早点办完，以便早些动身。小弟的皮鞋买了没有？如未买，应早买，因为北平太贵。

一九四六年六月二十九日晚　父字

“
对话

张羽(采访人):李公朴先生的追悼会是一个非常危险敏感的场合,那为什么闻一多先生还是要去参加呢?

高晓红:当时的风声是很紧张的,第二号暗杀的名单就是我爷爷,这个他心里很清楚的,而且特务早就扬言:要四十万大洋收买闻一多的人头。当时我奶奶也劝他,朋友、学生都劝他:“你这两天就别出去了。”我爷爷就说:“现在是好比风浪里头行船,这个时候需要掌舵,如果这个时候我们不出来,何以对死者?我去参加追悼会也是表明一个态度,但是我可以同意你们的说法,我不发言,只去参加追悼会。”

张羽:但他为什么在现场会发表《最后一次讲演》,当场痛斥特务,这是事先准备好的吗?

高晓红:不是,他这是即兴发言。李公朴先生的夫人张曼筠女士在台上说起那天遇难过程,泣不成声说不下去了,有一些特务就在下面吹口哨、嬉笑、跺脚,这时候会场就乱了,李夫人也说不下去了,我爷爷一看这种场面就拍案而起,跳到台上来:“今天这里有没有特务,是好汉的你站出来!”然后就即兴发表了《最后一次讲演》。

闻一多（左二）全家合照

张羽：闻一多先生就在发表这篇演讲之后，被国民党特务暗杀了，那么当时你的父亲跟他在一起，他有没有跟你讲当时遭遇暗杀的情景呢？

高晓红：他上午去参加演讲，家里不知道，出会场的时候就听到后面有特务在那扣枪扳机的声音，那个时候已经很危险了。下午，《民主周刊》社开记者招待会，我奶奶不放心，让我父亲去《民主周刊》社接他。在回家的路上，眼看就要到家门口了，特务从背后开枪，第一枪就打中了我爷爷的后脑勺。我父亲一看我爷爷倒下去了，立刻扑上去，他想用他的身体挡住子弹，爷爷身上中了五弹，腿被打断了、肺打穿了，子弹离心脏不到两厘米。我奶奶一听到枪声，就立刻明白了——那肯定是我爷爷出事了。她急急忙忙往外跑，只看到我爷爷和我父亲两个人一横一竖倒在血泊中。到了医院之后，大夫一看，我爷爷已经不行了。

张羽：面临突然而来的灾难，家人怎么办呢？

高晓红：家里头那个时候有五个未成年的孩子，两个叔叔是在重庆的报纸上看到父亲被杀的消息，我两个姑姑，一个13岁 、一个9岁，就到我爷爷牺牲的地方，她们自己缝了一个黑布的袋子，然后装上一把血土，这几十年一直带在身边。这是后来装到一个盒子里头，当时是缝在一个袋子里头。

闻铭（闻一多女儿）：门口就是我父亲的血迹，我跟我妹妹我们两个人，站在那就不想走，后来我们就想咱们把血土带着，回家之后就缝了两个袋子，一个装我父亲的，一个装我大哥的，这样的话就觉得我父亲永远和我们在一起，我不会离开我父亲的。

张羽：他们跟着学校辗转，甚至不惜徒步几千里，那么他们的追求是什么呢？

高晓红：民族危机的时候，这些老师也不是没有其他选择，比如当时教育部次长顾毓琇，邀请我爷爷留在武汉，留在教育部，当时我奶奶就说："要是留在武汉，起码家人能团圆在一起，你也有一个稳定的工作，咱们的日子还能过得安定一点。"但是我爷爷他就不愿意做这个事情，他说他还是要跟着学校走，他觉得这也是他的一种使命吧。中国的那一代知识分子里，当时都有这样一种对民族的担当。

张羽：闻一多先生本来是一个一心做学问的学者，后来变成了一个积极参与政治的民主斗士，这又是什么原因呢？

高晓红：当时看到豫湘桂战役国民党在战场上的节节败退，国土大片的沦丧，这时候他就感到国家民族正处在危机的时候，不管是谁都应该出来救火了。他跟吴晗说:"我的生命实际上是从战争开始的,国家现在到了这个地步,如果我们再不出来说话,便是无耻,便是自私!"所以他决定走出书斋。但是他跟吴晗说过,有一天民主事业成功了,他还是要回到书房,好好地再念十年二十年的书,他要活到八十岁,要出一千多万字的全集,他还是要做他的学者。

张羽:我们看到抗日战争已经结束了,日本投降了,但这个时候,你爷爷参与民主运动,参与政治活动的这种热情不降反升,这又是因为什么原因呢?

高晓红:他本来想抗战胜利之后,应当是建立一个新秩序,但是蒋介石全面地发动了内战,1945 年 12 月 1 日这天,就是特务制造了"一二·一"惨案这天,国民党特务向手无寸铁的学生扔手榴弹,当时就炸死了三名学生、一名教师。这件事情对我爷爷是一个很大的触动。回来之后,我爷爷用笔写了一个条幅"民不畏死,奈何以死惧之",坚持不能退却。

◎闻一多的孙女高晓红的回信

爷爷：

今年是您诞辰120周年。1946年7月15日，您在李公朴先生追悼会上发表的演讲，仍出现在学生的课本里，传颂至今。您一生都将祖国和人民放在首要位置，体现出西南联大人的气节和中国文人的操守。所以当国家危难之际，您以文字为武器叫醒民众，团结起来抵御外辱；当抗战胜利，国民党反动派要发动内战时，您走在“反内战、要和平”的游行队伍最前列，振臂高呼、应者云集，痛斥国民党反动当局的独裁统治。由此，您被国民党特务列

“一二·一”四烈士出殡游行中的闻一多（第二排左二）

入了暗杀名单。

爷爷，1946年7月15日下午的那场枪击成为您生命的终点。您牺牲后，父亲继承您的遗志加入了中国共产党，继续投入反内战的斗争。后来，二叔、三叔、大姑、小姑也都相继加入了中国共产党。

如今，为了传承和纪念您，二叔编辑出版了有关您的资料和文集，三叔专门为您画了一幅《红烛颂》，收藏在中国美术馆，并且编辑出版了您的画册和印谱，大姑著的《闻一多和自己的歌》也即将出版发行。

爷爷，父亲生前多次和我提起想重回昆明的愿望，那是他的第二故乡，他想重回西南联大和西仓坡的旧址，他说您的魂一直留在那里。您和当年许多闪亮的名字一起，创造了那个年代最璀璨的文化，守住(传承)了中华文明之脉，坚守了中国文人士者的气节，您为国家民族而死。“一二·一”运动40周年的时候，我们遵照父亲的遗愿，把他的骨灰撒入了昆明的滇池，让他永远陪伴在您的身边。你们太久没见面了，好好说说话吧，让烟波浩渺的滇池，融进我们永久的思念。

您的孙女　高晓红

写于您牺牲后的73年

第十二章

视死如归，这是先烈踏上革命征程的誓言心迹。他们不犹豫、他们不畏死、他们早已将生命托付信仰。因为视死如归，我们让革命星火燎原，我们让世界瞩目东方。视死如归是先烈们的墓志铭，是后来者的精气神。

微信扫一扫，获取本章视频。

视死如归

跨越时空的回信

裘古怀

裘古怀

（1905.2—1930.8）

裘古怀，浙江奉化人。早在中学时代便接受了马列主义，确立了共产主义信仰，成为宁波早期的学生领袖之一。1925 年 11 月，裘古怀投笔从戎，从宁波奔赴广州，考入黄埔四期政治科，随后加入了中国共产党。在战场上，裘古怀不怕牺牲，在攻打汀泗桥、贺胜桥、武昌城等战斗中，他身先士卒，冒着敌人的枪林弹雨，带头爬城、攻城，被全团战士誉为“虎胆英雄”。四一二反革命政变后，国民党反动派大肆抓捕共产党员，时任中共浙江省代理团省委书记的裘古怀，因组织浙江地区武装斗争活动，在杭州被捕，关入国民党浙江陆军监狱。1930 年夏，国民党反动派对全国革命形式的发展感到恐惧，密令各地监狱将共产党人斩尽杀绝。8 月 27 日，裘古怀看到狱友相继被带走杀害后，预感到自己也将遭受到同样的命运，便伏在地上，写下了这封给党的绝笔信。

从被捕到就义，裘古怀在狱中度过了一年零七个月。在这期间，他领导狱友绝食抗争，当面揭穿国民党反动派残害共产党员的罪行，即便双脚被钉上重镣，多次遭受军棍军鞭毒打，裘古怀也从未屈服，被监狱当局称为“硬骨头”。他秉持着“活着一天，就要奋斗一天”的信念，在国民党的监狱中，他和徐迈进、邹子侃一起秘密地成立了地下党支部。目的是要重新鼓舞监狱当中这些革命者的斗志，不让他们消沉下去。

裘古怀在信中用“满意”和“遗憾”四个字概括了自己的一生，信写完不久之后，他就被敌人带出了牢笼。临刑前，他豪壮地向战友们说：“同志们，永别了！希望你们踏着我们的血迹继续前进！”这位为真理而献身的英雄，生命最终定格在25岁。裘古怀为共产主义奋斗终生，在死亡的威胁下，他是如何做到不惧生死、坚持真理的呢?

袁古怀写给党和同志们的绝笔信(节选)

伟大的中国共产党和全体亲爱的同志们：

当我在写这封信的时候，国民党匪徒正在秘密疯狂地屠杀着我们的同志，被判重刑的或无期徒刑的同志，差不多全被迫害了。几分钟以后，我也会遭到同样被迫害的命运。党给我的教育，使我成为一个有生命的人，现在，在这最后的一刹那，我向伟大的党和你们致以最崇高的敬礼！我满意我为真理而死，遗憾的是，自己过去的工作做得太少，想补救已经来不及了。在监狱里，看到每一个同志在就义时，都没有任何一点惧怕，他们差不多都是像去完成工作一样跨出牢笼的，他们没有玷污我们伟大的、光荣的党。胜利的时候，请你们不要忘记我们！

一九三〇年八月二十七日　袁古怀

裘是:大家好,我叫裘是,是烈士裘古怀的侄孙,我今年48岁,是宁波奉化党校的一名教师。

张羽(采访人):好,欢迎您,裘先生,请坐。刚才我们看到的是裘古怀烈士在狱中给党写的绝笔信,怎么接到这封信的呢?

裘是:这封信是通过口信的形式才被带了出来,我叔公写完这封信以后,通过他们狱中的特别渠道交到了他们特别支部领导的手里,同志们看了这封信以后,也深受感动和鼓舞。他们想,一定要把烈士最后的遗嘱带出监狱,所以,他们让那些被判轻刑的同志把信背熟,他们被释放的时候带给组织,以这种形式这封信才被带出来。

张羽:人们用记在心间、口口相传的这种方式,把信带出的过程,也是我们共产党人这种信念传递的过程。他在监狱当中还成立了特殊党支部,继续和敌人做斗争,采取的是什么样的斗争方式呢?

裘是:国民党浙江陆军监狱先后关押了1500多名党团员。要知道,当时整个浙江省党团员加起来也才1700多名,所以白色恐怖对于我们的党造成了很大的破坏。小叔公和监狱里的同志徐迈进、邹子侃一起成立了狱中特别支部，他们的目的就是要重新鼓舞监狱当中我们这些革命者的革命斗志，不让他们消沉下去。为了在监狱里面继续斗争，他们有一些专门的术语，把党叫做“爱人”，把支部叫做“我们的家”，把支书叫做“哥哥”，党员叫做“妹妹”。他们觉得这就是我们真正的家，我们都像兄弟姐妹一样，为了一个共同的目标走到了一起，开展工作非常有利。

张羽：什么叫“牢狱大学”，主要做什么呢？

裘是：很多人都关了好几年，他们与监狱外面的世界几乎是隔绝的，我叔公他们觉得有必要引导我们的革命同志，学习一些革命的理论，了解一些监狱外面革命形势的发展情况和我们党在做些什么工作等等。他们办了两本刊物，一本叫《火花》，这个主要是给我们党内的同志看的，他们会刊登一些理论的文章，然后把监狱外面现在革命发展的一些形势都登在上面。监狱里面还有一些文化程度低的群众、部分党员，他们为这部分人办了另外一本刊物叫《洋铁碗》，我叔公他亲自编写报刊，教他们识字，教他们一些革命的道理。

张羽：在监狱里面办刊物，怎么做到的呢？

裘是：在监狱里办刊物，这个困难是难以想象的！没有墨水怎么办？他们利用去监视室写信的机会把墨块咬下来，带回来；没有笔，他们就把吃饭的筷子磨削成笔；没有纸，他们就把看病的时候包药的纸带回来。

张羽：在监狱这样一个特殊的环境里，想传递这样的进步刊物应该是很困难的吧，不怕被发现吗？

裘是：他们从来没有被发现，牢笼之间的传递主要是在放风的时间，趁看守不注意然后往牢笼里面一塞。他们在读这些报刊的时候，旁边会放一盆水，假如真的被看守发现了，他们会立刻把这个报刊像揉毛巾一样在水里面揉碎，一点都不留痕迹。他们还发明了一种“盆报”，就是把他们的学习体会写在脸盆上，然后互相传递，手一抹就没有了，这样更不会留下任何痕迹。

旁白：这所由裘古怀和狱中党支部同志们冒着生命危险创办的“牢狱大学”，培养出了不少中国共产党的中坚力量，像“市场经济拓荒者”、中国经济学界泰斗薛暮桥，著名的马克思主义经济学家、三联书店之新知书店主要创始人徐雪寒，中国人民解放军、开国少将张崇文，国务院经济研究中心、顾问骆耕漠，著名文史学家苏渊雷等等，这批从陆军监狱走出来的幸存者，为新中国的建设和发展做出了杰出贡献。

张羽：你小叔公在监狱当中随时面临着死亡，其实对于他来讲，一直是有生的机会，是吧？

裘是：他被提出去枪决的时候，监狱的看守长还问他：“这是你最后机会了，你要好好地想一想。”可是我小叔公很轻蔑地对他们说：“我既然选择了

国民党浙江陆军监狱难友狱中合影（右前二为裘古怀）

革命，我早就把生命置之度外，要杀要剐随你们。”说完就喊着口号：“打倒国民党反动派，中国共产党万岁。”跟其他同志一样，英勇就义了。真的像他信里所说的，就像去完成工作一样地跨出牢笼，他最终是用生命捍卫了自己的信仰，为追求真理而死。

张羽：那么家人得知了他牺牲的消息之后，是什么状况呢？

裘是：第一个知道我小叔公牺牲的就是我的大伯公。在第三次去探监的时候，得知前一天我小叔公刚被枪决。看着小叔公的尸体，他怎么也不相信。一开始他就呆立在那里，最后才不得不相信小叔公真的已经死了，他就扑倒在小叔公的尸体上面号啕大哭。他（小叔公）的手里面捏着一封信，这是他最后留给家里人的话。这封信主要有两个内容，就是叮嘱他的大哥，向家里所有的亲朋好友告别；第二，他再三地叮嘱哥哥不要把他牺牲的消息告诉母亲，因为他知道，母亲最疼爱的是他，母亲知道他死了肯定会非常伤心。

张羽：那他的母亲知道他牺牲的情况吗？

裘是：我的曾祖母知道这个消息已经是十九年以后了，这十九年来，她天天都去村口守望她的儿子。我的曾祖母是一个典型的江南小老太，身材很瘦小，三寸金莲，平时都是大门不出、二门不迈的，她这样一盼，盼了十九年，天天在村口叫着我叔公的小名。“永良、永良，我的永良怎么还没回来？”1949 年 5 月 25 日，奉化解放了，当地的政府敲锣打鼓地送来了一块匾额，上面写着“光荣门第”四个字，意思就是裘古怀烈士是光荣的。这下子曾祖母那里再也瞒不住了，曾祖母看到这个匾额后昏倒在地。第二天开始，她茶饭不思，谁劝她都没有用，就在那里念叨着我小叔公的小名：“永良，我的永良死了，我活着还有什么意思？”然后不到一个月，我曾祖母也去世了。

张羽：在今天这样一个场合，你用特殊的方式跟他进行一次对话，有什么特别的感受吗？

裘是：小时候家里人经常讲我的叔公是个烈士，在我们家乡的方言当中烈士跟钥匙发音是一样的，所以我很奇怪为什么我的叔公是一把“钥匙”？现在我明白了，他是烈士，他也是一把“钥匙”，是打开我们民族复兴、新中国成立之门的一把金光闪闪的“钥匙”，他和千千万万的烈士都是我们的英雄，应该被我们永远地铭记。

◎裘古怀的侄孙裘是的回信

亲爱的叔公：

当年您把监狱开辟成第二个战场，为很多狱友争取到更好的生活条件，也为咱们国家保护了许多人才，所以很多当年的狱友都很挂念您，薛暮桥爷爷，您还记得吗？在您的保护下，少吃了不少苦，他后来成为"中国经济学界的泰斗"；徐迈进爷爷，您也应该还记得吧？当年和您一起在狱中开展对敌斗争的，他是书记，您是宣传委员。新中国成立后，他特意给奉化县党史办写信，介绍您在狱中的工作情况，委托工作人员务必整理好您的资料，他工作虽然很忙，但还是给我们写过很多封信，问询家中是否有困难需要解决。您看，您的战友们一直惦记着您！

叔公，2012年11月，《人民日报》发表了一篇文章叫《信仰的味道》，通过讲述几位先烈的故事，阐述共产党人坚持信仰的主题，您临刑前写的那封遗书也被收录在内，（文中）说道，您用"满意"和"遗憾"四个字体现了共产党人的无私，中央电视台多次报道您的事迹。叔公，党和国家一直没有忘记您。叔公，您离家之后，家乡人都在想念您，在我们老家松岙镇大埠村，（他们）为您建了一座纪念馆，预计明年8月就能建成，这样您就可以回家了。

您的侄孙　裘是

写于您牺牲后的89年

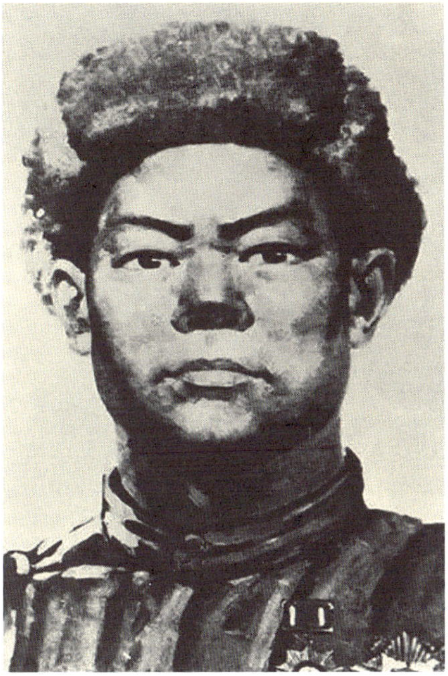
黄继光

黄继光

（1931.1—1952.10）

1950年10月19日，中国人民志愿军跨过鸭绿江，抗美援朝，保家卫国。第二年，20岁的黄继光也报名参加了志愿军，来到朝鲜前线。“不立功不下战场”是黄继光给自己立下的军令状。一到战场，黄继光就抢着做各种工作，被战友称为“能打仗的战斗员、能做饭的炊事员、能治伤的卫生员，同时还是宣传员和通信员”。不论做什么，只要能立功报国，就是黄继光心中最大的愿望。

1952年10月14日，抗美援朝战争中最惨烈的一战“上甘岭战役”打响，这场战役，创造了当时世界战争史上火力密度最高的纪录。10月19日晚，在敌我双方反复抢夺阵地的激烈战斗中，黄继光所在的连队奉命在天亮

油画:《黄继光堵枪眼》

前夺回上甘岭 597.9 高地。可在敌人疯狂的火力压制下,连队向敌军碉堡发起多次冲锋都没能取得成功,眼看着距离天亮只剩 40 多分钟,黄继光主动请缨,承担爆破敌军碉堡的任务。用胸膛堵住机枪的一瞬间,黄继光用生命诠释了视死如归,实现了自己作为中国军人的凌云壮志。战后,黄继光被授予“特级英雄”称号,并被追授为中国共产党正式党员。

1952 年 4 月,在离家 400 多天后,黄继光给母亲写了一封信,并在信里表达了立功报国的决心。在“上甘岭战役”中,他舍身堵枪眼,为战友赢得了宝贵的冲锋时间,夺回了阵地。他的这封家书竟成了绝笔信,最终,黄继光还未等到家人回信,就将战功和生命一起留在了战场。

黄继光写给母亲的信

母亲大人：

男于阳历十月二十六日接到来信，知道家中人都很安康。目前虽有少些困难，请母亲不要忧愁。想咱在前封建地主压迫下，过着牛马奴隶生活。现在虽有少些困难，是能够渡过去的，要知道咱们英明共产党、伟大领袖毛主席正确领导下，幸福的日子还在后头呢。现在为了祖国人民需要，站在光荣战斗最前面，为了全祖国、家中人等幸福日子，男有决心在战斗中为人民服务，不立功不下战场，最后请母亲大人及全家人等保重身体，并请回信一封。

一九五二年四月二十九日　黄继光　战斗中

对话

李继德（左）、黄拥军（右）

张羽(采访人):欢迎您,您好。

李继德:我叫李继德,85 岁,67 年前,我和黄继光是战友。

张羽:听说你们之间还有一个生死约定,是吗?

李继德:在上甘岭战争没有爆发的时候,我们部队派了电影队到前沿阵地来慰问我们,电影片子《普通一兵》,那个片子讲的一个战士为了胜利堵了枪眼,看完了回来以后,走在路上黄继光就问我:“你有什么想法?”我就说:“这个人真勇敢!”黄继光就说:“叫我,我也这么办!”“为什么?”“我们牺牲一个人,能救出多少人来啊!”就在这个时候,黄继光抓住我的手:“小李子,我们两个约定好喽,我死以后,你给我家去信,到我家看一看,你死以后,我到你家看一看,也给你去信。”这是我们两个人在前方的生死约定。

张羽:黄继光牺牲之后,你有没有到他家里见到他家人呢?

李继德:黄继光牺牲以后,我在前线待了两天就负伤了。回到中国,我就想给他家去信。可是在那个时候,我没有问他家在什么地方,在战场上问也不吉利,也不能问。之后我回到家,就给四川写了一封信,写了也没有回音。

旁白：受伤回国后，李继德回到村里，成为一名普通的农民，但他时刻惦记着亲密战友牺牲前的最后嘱托。可是，因为不知道黄继光家在何处，老部队又进行了重新整编，一时间，李继德无法完成战友的心愿，深感愧疚，这个心结在他身上压了60余年。直到2015年，媒体偶然发现李继德老人是黄继光堵枪眼的见证者。同年4月，在大家的帮助下，老人来到了黄继光的老家四川省中江县，见到了亲密战友的家人。时隔63年，李继德终于完成了黄继光的心愿。除了战友，黄继光的家人也一直铭记着他舍生忘死的壮烈精神。黄继光牺牲后，他的母亲邓芳芝立下了一个家规，延续至今。今天，黄继光的后人将带着这个家规来到节目现场。

张羽：让我们有请今天的回信人，有请。

黄拥军：李伯伯，您好！

2015年4月，李继德来到黄继光家乡，第一次见到黄继光雕像

李继德：好好好！

张羽：先做一个自我介绍吧。

黄拥军：大家好，我叫黄拥军，是特级战斗英雄黄继光烈士的侄子，平时我在老家都叫他“三爸”，我今年47岁了，在黄继光纪念馆工作。

张羽：欢迎您，黄先生，请坐，作为英雄的家人，黄继光的英雄事迹对你们有什么影响呢？

黄拥军：我三爸牺牲以后，我奶奶心里头苦，但是她当着别人的面她不会哭。难过的时候，她就会偷偷地跑到后山去哭。当时有好多全国各地的青年学生都给奶奶写信，都希望做她的儿女。奶奶就说：“我失去了一个儿子，却得到了千千万万个儿女。”

张羽：所以我想奶奶，虽然心疼儿子，但是她也深明大义，也给家里立了一个家规，是吧？

黄拥军：在三爸牺牲以后，奶奶就给家里面立下一个家规：黄家的孩子，不管男孩女孩，年满18岁以后都要到部队去参军。在1953年的时候，我奶奶把她最小的一个儿子，我父亲黄继恕也送到了朝鲜战场。当时，在他出发前，她就跟我父亲说：“你到朝鲜，一定要在部队向你哥哥学习，保家卫国。”1958年，最后一批志愿军战士回国的时候，他来到了他哥哥牺牲的地方，朝着597.9高地大声地喊：“哥哥，我是你的弟弟黄继恕。我明天就要回国了，我来看你。妈妈让我把你带回去，她说朝鲜太冷了，她让我在你牺牲的地方捧一抔土。”在他捧上一抔土的时候，这一抔土里，有弹片、有子弹壳，还有我三爸的鲜血，还有咱们志愿军所有军人的鲜血。回国以后，父亲当即就把这抔土取了出来，跪在我奶奶面前：“妈妈，我把哥哥带回来了。”

张羽：哥哥为国捐躯了，弟弟又拿上枪走上战场，这就是中国人的情感和血性，这就是军人的军魂。向你们致敬。您也当过兵是吧？

黄拥军：对，我在1989年的时候，参加了中国人民武装警察部队，并于三年后光荣复员回到家乡。前前后后从我三爸算起，我们家现在已经有15个人参军了。在2001年的时候，我来到了黄继光纪念馆，担任了一名普通的讲解员。作为英雄的侄儿，我有责任和义务，把他这种精神传递给更多的人。

◎黄继光烈士的侄子黄拥军的回信

三爸：

奶奶听到您牺牲的消息，就在老宅的院子里种下了一棵梨树，她说人走了，总得有个念想，看见这棵梨树就当是看见您了。您牺牲的第二年，奶奶就让爸爸参加志愿军去了，奶奶说，您还没做完的事情，让我爸爸替您完成。

抗美援朝胜利，爸爸回国时，从您牺牲的597.9高地上带回了一抔土，奶奶就让家人把土埋在了梨树下。奶奶走的时候，叮嘱我们一定要摘下几朵梨花，放在她身边，我们都知道，奶奶想让您陪着她。三爸，您牺牲后，您所在的连队就改名叫"黄继光连(模范空降兵连)"了，班里还给您留着床位呢，每天点名的时候，第一个就要点到您的名字。

您的战友说，您一直都在连队里，您是中国军人的骄傲，您的战友，都成了我(们)的亲人，都称呼奶奶为"黄妈妈"，直到今天，您的连队依然会派人来给奶奶扫墓，向奶奶汇报连队的成绩。他们说这也是您的成绩。三爸，您在信中说："为了全祖国、家中人等幸福日子，不立功不下战场。"您立了功，却把自己永远地留在了战场上，三爸，我们想您。

您的侄儿　黄拥军

写于您牺牲后的67年

后记

2019年初春，春寒料峭，几个年轻人每天聚集在江西广播电视台的一间小会议室内，讨论一档新节目，他们年轻、稚气的脸上，写满了兴奋、执着，也写满了忐忑。这个以九零后、九五后为主的电视团队，怎么也想不到，两个月后，他们心心念念、完全由自己原创的这档电视栏目，会火遍大江南北。

这档电视节目就是我们这本书的主角，从2019年5月1日开始，每周三晚上在江西卫视播出的《跨越时空的回信》。

这是一档为献礼新中国成立70周年而做的特殊节目，将革命先烈在烽火硝烟中的书信，与烈士后人的回信一并呈现；跨越时空，勾连往昔与今日，传承信仰，激发爱国情怀。

一档弘扬红色精神的读信栏目，能得到各个层次观众的共鸣，不仅是因为这群年轻人敬业、投入、创意新，更是因为，他们抓住了人的共性，即对理想信念的执着以及对亲人款款深情的留恋。这种共性以及其中的浓烈感情，跨越百年的时空，依然那么鲜活，激发着今天观众的内心。同时，年轻的编导团队，用自己的独特方式，通过家书诵读、后人访谈、跨时空回信的环节设置，连接过去、现在、未来三个维度，把人的精神追求与情感深度，满满地呈现了出来。

鸿雁传情、鱼传尺素。书信是人类表达情感的最好载体。烽火年代，一封封家书的背后，沉淀着先烈的深厚情感，也尘封着多年的感人故事。革命先烈们在战争年代写给亲人、战友、组织的书信，饱含着他们对未来中国的期盼、对家人的万千不舍、对孩子的嘱托希冀。

即便传统的书信在今天使用频率降低，但书信交流沟通之桥，从未在人们的心里断裂。尤其是用烈士后人的回信，跨越时空的情感连接，革命理想信念的传承，这一创意很快得到认可，入选国家广播电视总局 18 个“重点广播电视节目创意选题”。

栏目组聚焦革命先烈书信，从 1000 多封先烈书信中“海选般”挖掘最极致的选题，前往全国各地，走访了井冈山等多个革命纪念馆，并寻找烈士后人。7 名年轻的编导，在数月的策划、联络、采访、录制过程中，深刻体悟到：以往存在于教学课本和文学影视作品中、形象高大的革命先烈们，当年追寻革命理想、热血冲天、叱咤风云的时候，年方二十出头，多半与自己年龄相仿。但他们却在国难当头、风雨飘摇之时，过早地成熟，毅然担当起救国救民的大业。年轻的编导们在制作节目的过程中，首先给自己上了一堂革命传统教育课。

感动自己的作品，才可能是好作品。

无需对信件作过多的解读，《跨越时空的回信》更为重视信件中饱满的情感，直接让烈士后人来到现场，讲述他们眼中的亲人以及他们如何与前辈英雄隔空对话。

烈士后人的真情"回信"，与英烈的特殊相逢，也让《跨越时空的回信》十分惊艳，这种隔空互动的模式让单一维度的读信变成多维度的故事解读，先烈后人的参与也让观众更真切地感受到书信本身带来的力量。

一面是大家耳熟能详的英雄写下的深情款款与万般不舍的家书，一面是今人的怀念与回信，以电视的形式表现出来，情感与故事跨越时空的流动，朴实而情深，令人动容。

"让红色基因代代相传"，这是习近平总书记多次提及的切切嘱托和殷殷冀望。

读信、回信，让我们看到情感的双向表达，也让我们看到英雄先烈们的优秀品质如何影响着他们的后代。江姐的孙子彭壮壮在面临人生重大选择时重走当年奶奶的革命之路；陈毅安烈士的孙儿穿着火箭军少将的军服来回信，袁国平烈士的儿子袁振威教授倾诉他对父亲的敬仰与爱，黄继光家几代人一个个接过他的枪，走进军营……这些不仅仅是亲人之间的情感互动，更体现了革命信仰、红色基因的传承。

红色基因通过特殊的书信往来、通过这样一档电视节目，得以传承、传播。从这个意义上看，《跨越时空的回信》正在践行"传承红色基因，不忘初心、牢记使命"，我们也期待有更多这样正能量、有温度的作品。

图书在版编目（CIP）数据

跨越时空的回信 / 中共江西省委党建工作领导小组等编著 . -- 南昌 : 江西教育出版社，2020.7（2022.4 重印）

ISBN 978-7-5705-1350-5

Ⅰ . ①跨… Ⅱ . ①中… Ⅲ . ①书信集 – 中国 – 现代②书信集 – 中国 – 当代 Ⅳ . ① I266.5

中国版本图书馆 CIP 数据核字 (2019) 第 180761 号

跨越时空的回信

KUAYUE SHIKONG DE HUIXIN

中共江西省委党建工作领导小组
中共江西省委宣传部
中共江西省委党史研究室
江西广播电视台
编著

江西教育出版社出版

（南昌市抚河北路 291 号　　邮编：330008）

各地新华书店经销

安徽联众印刷有限公司印刷

720 毫米 ×1000 毫米　16 开本　16 印张　字数 190 千字　印数 22001—25000 册

2020 年 7 月第 1 版　2022 年 4 月第 4 次印刷

ISBN 978-7-5705-1350-5

定价：49.50 元

赣教版图书如有印装质量问题，请向我社调换 电话：0791-86710427

投稿邮箱：JXJYCBS@163.com　电话：0791-86705643

网址：http://www.jxeph.com

赣版权登字 -02-2019-575

版权所有 侵权必究

跨越时空的回信

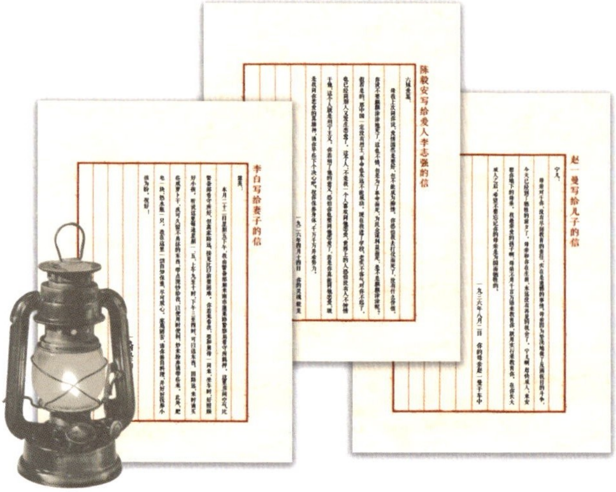

江西教育出版社

ISBN 978-7-5705-1330-5

9 787570 513505

定价：49.50元